Lars Gustafsson:

Wollsachen

Roman

Deutsch von Verena Reichel

Deutscher
Taschenbuch
Verlag

Von Lars Gustafsson
sind im Deutschen Taschenbuch Verlag erschienen:
Das Familientreffen (1470)
Die Tennisspieler (10008)
Erzählungen von glücklichen Menschen (10175)
Die Stille der Welt vor Bach (10299)
Trauermusik (10566)

Ungekürzte Ausgabe
1. Auflage Juni 1977
5. Auflage Juli 1987: 29. bis 34. Tausend
Deutscher Taschenbuch Verlag GmbH & Co. KG,
München
Lizenzausgabe mit freundlicher Genehmigung
des Carl Hanser Verlags, München
Titel der Originalausgabe: ›Yllet‹ (Albert Bonniers,
Stockholm 1973)
 · ISBN 3-446-11934-5
Umschlaggestaltung: Celestino Piatti
Gesamtherstellung: C. H. Beck'sche Buchdruckerei,
Nördlingen
Printed in Germany · ISBN 3-423-01273-0

Das Buch

»Ich heiße Lars Herdin. Ich bin jetzt vierunddreißig Jahre alt, und die sechziger Jahre sind zu Ende gegangen. Ich wohne in Trummelsberg, wo ich als Studienrat Mathematik und ein paar andere Fächer in der Oberstufe der Zentralschule unterrichte...« Lars Herdin, am selben Tag geboren wie der Autor, ist ein guter Lehrer, und seine Schüler mögen ihn. Aber er ist ein Außenseiter, der an seiner Isolation und an seiner totalen Liebesunfähigkeit leidet. Alle Versuche, aus dem »Spinnwebennetz von Halbwahrheiten« auszubrechen, scheitern, auch der letzte: ein Selbstmordversuch. Um den Grund für die Verzweiflung über sein gut funktionierendes, aber verpfuschtes Leben herauszufinden, schreibt er seine eigene »Krankheitsgeschichte« auf: seine Studienzeit, seine Arbeit, seine Versetzung nach Västmanland, die zunehmende Empfindungslosigkeit der Welt gegenüber. Dieser Prozeß wird durch ein Ereignis gestört, das seine Existenz gefährdet: Er verliebt sich in die Freundin seines besten Schülers und beginnt mit ihr ein wahnwitziges, unmögliches Verhältnis...
»Das Buch, das seine kritische Schärfe dem einzig möglichen, dem utopischen Ansatz verdankt, gehört wegen dieser Schärfe, wegen der in anschaulicher Konkretheit übersetzten seismographischen Sensibilität seines Autors, wegen des Versuches, so vieles zusammenzuzwingen, zu den faszinierendsten dieser Jahre.« (Frankfurter Allgemeine Zeitung)

Der Autor

Lars Gustafsson wurde am 17. Mai 1936 in Västeras/Mittelschweden geboren. Nach Studien in Oxford und Uppsala 1961 Promotion zum Dr. phil. 1979 Habilitation. Er lebt heute in Austin/Texas. Weitere Werke: ›Die Maschinen‹ (1967), ›Die Stille der Welt vor Bach‹ (1982), Gedichte; ›Herr Gustafsson persönlich‹ (1972), ›Das Familientreffen‹ (1976), ›Sigismund‹ (1977), ›Der Tod eines Bienenzüchters‹ (1978), ›Trauermusik‹ (1984), ›Die dritte Rochade des Bernard Foy‹ (1986), Romane; ›Die Tennisspieler‹ (1979), ›Erzählungen von glücklichen Menschen‹ (1981), Erzählungen.

Ein König saß
auf einem Faß.
Dann fiel er hinein,
und du mußt's sein.

(Abzählvers)

Eine Nacht in San Franzisko

Wir fangen noch einmal an. Wir geben nicht auf.

Ich hatte die Kreolen tanzen sehen, Hand in Hand über den grünen Rasen des Parks, zum Klang einer kleinen Flöte oder Hirtenpfeife. In die Kabelstraßenbahn stieg am Union Square ein chinesisches Mädchen ein, so redselig, so munter, so lustig, daß sie den ganzen Wagen zum Lachen brachte. Sie war sehr kokett, trug schwarze Hosen, einen schwarzen Pullover mit einem lila Baumwollbändchen um die Taille und ging von einem Passagier zum anderen und lachte und scherzte.

Sie stieg in Chinatown an der Haltestelle am Washington Square aus, wie man sich das hätte denken können, und wir vermißten sie alle.

Ich glaube, ich könnte immer noch ihr Portrait in Kohle zeichnen, wenn ich es nur versuchte. Der glückliche Mensch ist der rätselhafteste.

Es war Anfang Mai 1972, und es waren schon Jahre vergangen, seit ich jenen Turm in Cannobio verlassen hatte.

Zwei Tage zuvor hatte es eine Demonstration gegen den Krieg in Vietnam gegeben, fünfzigtausend Teilnehmer und nicht mehr hunderttausend, wie es Ende der sechziger Jahre üblich gewesen war, ein Meer von roten Fahnen, viele schwarze Fahnen, »Witches for Peace« mit langen roten flatternden Haarsträhnen im leichten Wind und leuchtend blauen Augen, alte ergraute Spanienkämpfer mit weißem Haar unter der Fahne der American Legion, weiches grünes Licht unter den Eukalyptusbäumen, die Demonstranten nicht unähnlich bunten Schmetterlingen, wie sie da unter den Bäumen vor dem Kezar Stadium umherschlenderten oder im Gras lagen und sich unterhielten, und im Hintergrund die berittenen Polizisten wie schwarze Ritter, Schreckensritter mit heruntergelassenen Visieren, in immer engeren Kreisen um die flatternden Schmetterlinge im Gras.

Sekten, Häretiker, Okkultisten Hand in Hand mit buddhistischen Mönchen und Schwarzen Panthern, Kaliforniens unruhige und ideenreiche Frührenaissance: die neue Zeit unterwegs, und ich selbst so fremd ihr gegenüber wie ein mittelalterlicher Scholar angesichts der richtigen Frührenaissance.

Ein junger Anwalt aus Oakland begleitete mich. Ich glaube, er war eigentlich Ire, ein magerer, etwas schüchterner rothaariger Mann mit einer großen Brille. Auf eine lustige Art erinnerte er mich an einen meiner Kompaniekameraden beim Königl. Uppländischen Regiment, Baracke zwölf im Barackenlager, im Jahre 1956. Wir redeten hin und wieder miteinander, hatten aber nicht viel Zeit dazu. Wir waren allzusehr damit beschäftigt, das, was geschah, zu beobachten und daran teilzunehmen.

Über die schwarzen geharnischten Polizisten mit ihren meterlangen schwarzen Knüppeln oder Stöcken in den Händen sagte er, daß sie niemals die Demonstrationszüge angriffen, solange sie geschlossen blieben. Erst wenn sie sich in kleine Gruppen auflösen, nähern sie sich auf ihren schwarzen Pferden, umringen die zerstreuten Grüppchen der Demonstranten, schlagen hier und da zu, nehmen den und jenen fest, begnügen sich damit, irgend jemandem mit den Knüppeln auf die Nieren zu klopfen.

Ich kam nicht dazu, das Schauspiel zu erleben, da dieser Anwalt, der mich an einen Kameraden vom Komiß erinnerte, dessen Namen ich vergessen hatte, offenbar meinte, eine gewisse Verantwortung für mich zu haben, weil er mich dorthin mitgenommen hatte. Er setzte mich unten vor dem Holiday Inn am Fisherman's Wharf ab, eine ziemlich idiotische Unterkunft, wenn man in San Franzisko ist, wo ich jedenfalls wohnte, und ich erinnere mich, daß es ein sehr heißer Nachmittag war, der erste heiße nach ein paar Tagen mit eiskalten Winden von der Bucht her.

Diese Küste reiste ich entlang, um an den Universitäten meine Gedichte zu lesen: Robin Fultons Übersetzung mit den eigentümlichen Illustrationen von Arthur Tress lag zuoberst in der mütterlichen Aktenmappe, die nunmehr so kaputt war, daß ich sie mit Stopfnadel und Eisengarn jeweils zwischen den Flughäfen reparieren mußte.

Es war in der Tat entsetzlich viel Zeit vergangen, seit ich jenen Turm in Cannobio verlassen hatte.

Mein Hotelzimmer hatte zwei Eckfenster. Das eine ging auf die Straße hinaus, und gegenüber konnte man The Cannery sehen, eine zur Touristenfalle umgebaute alte Konservenfabrik, wo man Austern mit geriebenem Meerrettich bekommen konnte.

Durch das andere Fenster sah ich die Bucht. Schnelle Zerstörer von der Siebten Flotte, beim Einfahren und Ausfahren unter der Brücke durch, schwer beladene Napalmschiffe aus Oakland auf dem Weg nach Südostasien, hübsche Ausflugsboote.

Und, im Dunst schwebend, weiß wie eine Luftspiegelung auf seiner hohen Berginsel, Alcatraz, das verlassene, gefürchtete alte Bundesgefängnis. Ich erinnere mich, wie ich schon als Zwölfjähriger häufig im Kiosk an der Ecke der Bomansgatan und der Kristiansborgsallee ›Geschichten aus dem Leben‹ kaufte und spannende Erzählungen von der Klippeninsel Alcatraz las, einem Gefängnis, aus dem im Lauf seiner ganzen Geschichte nur zwei oder drei Gefangenen die Flucht geglückt war, weil die furchtbar starken und eiskalten Meeresströmungen um die Insel herum alles Leben vernichteten. Alcatraz, die Pinguininsel; früher einmal mit Klippenvorsprüngen und Felsborden, auf denen es von diesen feierlichen Vögeln wimmelte, als die ersten spanischen Schiffe in die Bucht hineinsegelten, dann Strafkolonie für die gefährlichsten bundesstaatlichen Verbrecher:

Al Capone, stundenlang mit einem Tennisschläger und einem Ball vor der Zellenwand stehend. Er schlägt seinen Ball und fängt ihn auf, wieder und wieder.

Darüber hatte ich schon als Junge in ›Geschichten aus dem Leben‹ gelesen. Das ist so ein Ort, der mit zur ersten Bildung gehört: Ich hatte schon von Alcatraz gehört, lange bevor ich etwas von der Jungfrau von Orléans oder vom Staatsstreich Gustavs III. hörte.

Ich brauchte keinen Augenblick lang zu schwanken, als ich am ersten Morgen den Rolladen hochzog und den weißen Berg dort draußen in dem kalten blauen, morgendlich ruhigen Wasser der Bucht schweben sah.

Zwischen Alcatraz dort draußen in der Bucht und mir selbst spürte ich eine Beziehung. Es wäre mir nie in den Sinn gekommen, mit dem Ausflugsboot dort hinauszufahren, um nachzusehen.

Das ist ein Fegefeuerberg, sagte ich mir. Er mag jetzt leer und verlassen aussehen. Aber er ist nicht leer.

Zuletzt lebten irgendwelche Indianer dort draußen, es war ein ganzer Clan, sie hatten die Gebäude in Besitz genommen und behaupteten, die Insel gehöre ihnen, sie habe schon immer ihnen gehört. Dann ereignete sich eine Katastrophe irgendwelcher Art, die nie ganz aufgeklärt wurde. Die Tochter des Häuptlings stürzte sich aus freien Stücken aus einem der hohen Fenster und zerschellte auf den Klippen, und seitdem liegt die Insel mit dem riesigen weißen Gefängnis leer und verlassen da. Und einmal im

Jahr greifen San Franziskos Behörden einen Vorschlag auf, Alcatraz zu einem Zentrum der Künste, der Malerei und Musik zu machen, aber ohne daß sich irgend jemand so recht für die Sache interessieren mag.

Alcatraz ist verlassen. Das große Bundesgefängnis steht leer. Aber es ist dennoch nicht leer. Das ist solch ein Berg, wo die Seelen geläutert werden.

Die Welt ist voll von solchen verlassenen Häusern. Und sie können uns gefangenhalten, ohne daß wir sie jemals aufzusuchen brauchten. Sucht man sie aber auf, so erkennt man sie, wenn man zur Tür hereinkommt an der unnatürlichen Kälte, die dort drinnen herrscht.

Ich ging schon um zehn Uhr zu Bett, da ich mich auf unerklärliche Art beunruhigt und müde fühlte.

Man kann nicht ein so ruheloses und inhaltsreiches Leben führen, wie ich es in den letzten Jahren geführt habe, ohne daß es sein Recht geltend macht. Manchmal wird man wirklich müde. Bis auf den Tod.

Im Fernsehen erläuterte der Meteorologe den Wetterbericht für die nächsten vierundzwanzig Stunden in The Bay Area. Einer von diesen eiskalten dichten Pazifiknebeln, die bewirken, daß die Stadt im Sommer ein so viel schlechteres Klima hat als im Winter, war offenbar auf dem Weg in die Bucht hinein, obwohl jetzt erst Anfang Mai war. Am nächsten Morgen würde man die mächtigen Nebelhörner draußen vor der Golden-Gate-Brücke hören können, mit ihrem abscheulichen Laut von sterbenden Meeresungeheuern. Ich drehte die Heizung im Zimmer auf, holte eine Flasche Lauders Scotch Whisky, der mit geheimnisvoll goldgelbem Glanz unter der Nachttischlampe leuchtete, legte mich hin und blätterte in Hugh Kenners Studie über Ezra Pound.

Es wurde tatsächlich eine eigentümliche Nacht. Ich träumte, unruhig und tief. In fremden Erdteilen, wo die Zeitunterschiede und die fremden Düfte, die durchs Fenster kommen, ihre Klauen in die empfindlichen Schichten schlagen, in denen die Träume geboren werden, träumt man oft wahrhaftigere und tiefere Träume von sich selbst als jemals zu Hause. Es ist, als würde ein tieferer Bodenschlamm aufgewühlt.

Wovon träumte ich?

Selbstverständlich von der Pinguininsel dort draußen. Sie lag die ganze Zeit über draußen im nächtlichen Dunkel der Bay und wollte mir Böses. Oder wollte sie das nicht? Irgend etwas wollte sie jedenfalls.

Ich träumte von Alcatraz. Ich war dort eingesperrt, natürlich, und zugleich war ich es nicht. Ich träumte von meinem Volksschullehrer, und er gab mir Ohrfeigen, und demütig nahm ich das hin. Ich träumte von den schwarzen Rittern auf ihren riesigen Pferden, und sie hoben sich ungeheuer wuchtig von dem Spiel des Laubschattens auf der Erde ab. Ich träumte von einem unruhigen Wind in den Wipfeln der Eukalyptusbäume. Ich träumte, daß ich mit meinem Volksschullehrer redete und sagte: Ich durchschaue euch schon. Eure Gesichter wechseln immerzu, aber ihr wollt alle dasselbe, Volksschullehrer, beschränkte Provinzkritiker, schikanöse Zollbeamte, niederträchtige Feldwebel, die mich zwingen, über den ganzen Exerzierplatz zu robben, obwohl ich Bronchitis habe, ich kenne euch schon.

Aber das wirklich Wichtige werdet ihr nicht finden, wie sehr ihr euch auch anstrengt. Denn das habe ich draußen auf Alcatraz versteckt. Im untersten Keller, im untersten muffigen Keller, unter Spinnweben und Schutt und alten verschimmelnden Sträflingskleidern, die seit Al Capones Zeit nicht mehr getragen worden sind, da habe ich mein Herz versteckt. Ich habe es so tief unten versteckt, daß ihr es nie mehr finden werdet, und mächtige eiskalte Meeresströmungen schützen es vor euch.

Und dieser junge Anwalt von der Demonstration tauchte auf, und plötzlich fiel mir ein, daß er gar nicht der Anwalt aus Oakland war, der in einem Büro als einziger weißer Jurist arbeitete, sondern er war viel jünger und hieß Lars Herdin und studierte in Uppsala Mathe, und es war irgendwas Besonderes mit ihm los, aber ich konnte mich nicht daran erinnern, was es war, Lars Herdin hieß er.

Und das chinesische Mädchen aus der Kabelstraßenbahn tauchte auf, und sie nickte freundlich, ein bißchen wie die chinesische Nickpuppe, die bei Großmutter Emma daheim in der Floragatan hoch oben auf einem dunklen Schrank stand. Ich legte den Kopf in ihren Schoß, das ist mein erster Impuls, wenn ich eine Frau sehe, und sie schien nichts dagegen zu haben, sondern sang ein seltsames kleines Wiegenlied im Dialekt von Kanton, und dann lachte sie wieder.

Ich zuckte zusammen und fragte: Du gehörst doch wohl nicht zu einem der fünf *Tong*, du kommst doch wohl nicht aus den unterirdischen Kellern von Chinatown, wo die jungen Mädchen im Sterben liegen, weil sie krank geworden sind, und die Bordellbesitzer kein Geld dafür aufwenden wollen, sie zum Begräbnis nach China heimbringen zu lassen? Hörst du, von dort kommst du doch nicht? sagte ich besorgt. Sie lachte nur und wippte und nickte mit ihrem runden dunkelhaarigen Nickpuppenkopf und sang weiter ihr kleines Wiegenlied. Ist es wahr, daß es unterirdische Gänge in Chinatown gibt und Häuser mit fünf oder sechs Kellergeschossen, die nur die *Tongs* kennen? sagte ich besorgt.

Die Tongkriege sind schon lange zu Ende, sagte sie. Ist es wahr, daß alle deine Brüder für fünfzehn Dollar pro Kopf gekauft worden sind, um dann bei Morgans Eisenbahnbau an Malaria zu sterben, sagte ich. Und sie nickte freundlich und spielte mit meinem Haar!

Kennst du diesen Burschen Herdin, sagte ich. Natürlich, sagte sie, er ist tot. Warum ist er tot? Er wurde von einem Lastwagen überfahren, als er aus dem Haus ging, um eine Abendzeitung zu kaufen, sagte sie. Mein Gott, sagte ich, das habe ich ja tatsächlich in der Zeitung gelesen.

Sie nickte und sang, und aus ihrem wollenen Pullover duftete es wie im Hafen von Kanton, nach Meerwasser, Zimt, großen Quallen, die sich durch das ölige Wasser unter den Brücken winden.

Morgen kommt der Nebel wieder, sagte ich.

Sie nickte wieder genauso chinesisch.

Du bist eine richtige Nickpuppe, sagte ich.

Sie nickte und lachte und sang.

Wenn der Nebel kommt, kann man Alcatraz nicht mehr sehen. Und dann können sie auch mein Herz nicht finden, sagte ich.

Das habe ich dort draußen versteckt, aber sage es niemandem weiter.

Warum muß es da draußen in dem kalten Nebel sein? sagte das chinesische Mädchen.

Damit niemand es findet, sagte ich, und es mir wegnimmt. Mein Herz sollen sie nicht finden. Übrigens ist Alcatraz ein Fegefeuerberg, sagte ich. Dort werden die Seelen geläutert.

Ihre Augen waren sehr schwarz: weiches Dunkel, dunkel wie das ölige schwarze Wasser unter einem Kai in Kanton, dunkel wie das Wasser eines nächtlichen Flusses, wenn der Mond nicht mehr scheint, dunkel wie die innersten Grotten in Yenan, und in diesem weichen, öligen Dunkel ertrank ich, bevor ich erwachte.

Es war sieben Uhr morgens und trotzdem ungewöhnlich dunkel draußen. Der Nebel hatte sich tatsächlich vom Stillen Ozean herangewälzt, wie ein riesiges Meerestier, von Seattle bis ganz nach Süden breitete er sich aus. San Franziskos abscheulicher naßkalter Sommernebel war in diesem Jahr schon im Mai gekommen, und ein Chor von großen und kleinen Nebelhörnern heulte und brüllte längs der Küste, während der Nebel sich mächtig über gezackte Klippen und Riffe heranwälzte, und die Nebelhörner tönten bis in das tiefe grüne Dunkel unter den Wipfeln der Riesensequoias, und die Nacht war zu Ende.

Eine musikalische Nabelschnur in Västmanland

Västmanland, Juni 1971

Rings um die Stadt, das Haus, rings um den Mälaren herum herrschte der schönste, der allerwunderbarste Frühsommer. Die Gärten standen weiß in der Apfelblüte, dünner blauer Rauch stieg hinter den Zäunen auf, wo man altes Reisig und Laub vom Vorjahr verbrannte und allen möglichen Krempel, der dem Winter angehörte und nicht mehr gebraucht wurde. Die Mälarinseln schwammen dunkel draußen im Dämmerlicht der Buchten, die eigentümlichen Schreie der Haubentaucher und Brachvögel klangen über das helle Wasser herüber, sogar der blanke Asphalt der Autobahn drinnen auf dem Festland wurde schön, als er das Dämmerlicht widerspiegelte. Hagedorn und Schlehen standen in schweren duftenden Stauden und leuchteten in intensivem Weiß.

Leichte Sommerwolken zogen über den Himmel, die ganze Welt duftete, es muß ungefähr um zehn Uhr abends herum gewesen sein. Im Friedhof vor meinem Haus wimmelte es von Drosseln, und es war eine ganze Weile her, seit ich zuletzt die Kopfhörer von meinen Ohren genommen hatte.

Mir gegenüber saß meine Frau, selbst die leichte, schmale Fassung ihrer Brille leuchtete im Sommerlicht, und sie hatte einen hellwachen, aufmerksamen Ausdruck, so, als lausche sie in sich hinein oder nach draußen auf etwas, das kommen würde.

Ich hatte mir ein Paar Stereo-Kopfhörer eines neuen Modells gekauft, mit einem sehr starken elektrischen Widerstand, die eine Tonwiedergabe liefern, mit der sich kein Karlssonlautsprecher der Welt messen kann, und ich hatte mir außerdem ein dreißig Meter langes Kabel auf einer patenten kleinen Rolle besorgt, die sich von selbst aufspult und bereitwillig nachgibt, wenn man weitergeht.

Auf diese Weise konnte ich überall in meinem Haus, das ziemlich groß ist, umhergehen, ohne den Kontakt mit Monteverdis Marienvesper von 1610 zu verlieren. Ich konnte in den Bücherregalen herumsuchen, mich an den Schreibtisch setzen und ein paar Briefe beantworten oder mit meiner Frau im Garten sitzen, ohne auch nur einen Augenblick lang die Verbindung mit meinem Cambridgeverstärker und, durch ihn, mit einer anderen Welt zu verlieren.

So saß ich an den Sommerabenden am Gartentisch, mit meinem Borkum Riff und meinen quengeligen alten Feuilletonartikeln und meinen Vorarbeiten zu einem Essay über Racine, aus dem nichts Rechtes werden wollte, obwohl er sieben Jahre alt war, und durch dies alles hindurch

»Nigra sum, sed formosa, filiae Jerusalem«

aus der Vesper, und das Kabel des Verstärkers ringelte sich über Schwellen und Fensterbänke, durch Stachelbeerbüsche und Blumenbeete wie eine zweite, musikalische Nabelschnur.

Ich ging so weit, daß ich manchmal tatsächlich vergaß, daß wir Besuch hatten, und mich zusammen mit Nachbarn und Freunden am Gartentisch niederließ, ohne mir die Kopfhörer abzunehmen, was sie ein wenig verdrießlich stimmte.

Wie ihr wohl versteht, war dies keine richtig glückliche Zeit, aber ich machte sie mir so glücklich wie ich konnte. Ein paar Jahre lang war ich mir vorgekommen wie in einem Strudel. Nun war ich aus ihm heraus, aber das machte mich auch nicht sonderlich glücklich. Eine dumpfe Unlust herrschte im Land, und Gott weiß, ob sie von der Arbeitslosigkeit herrührte oder von den Konjunkturen oder vom intellektuellen Leben, das aus den Fugen gegangen war, aber ich traf keinen einzigen Menschen, der nicht einen gequälten, einen unglücklichen, sogar verbitterten Eindruck machte. Es war, als hätte man irgendwo den Boden unter den Füßen verloren.

Das bißchen, was von der Literaturzeitschrift ›BLM‹ übriggeblieben war, sie kam mittlerweile nur noch viermal im Jahr heraus, ließ sich mit einem einzigen Stockholmaufenthalt pro Woche betreuen, und ich begann das Land um mich her zu entdecken, Västmanland, das ich mir seit Jahren nicht mehr richtig gründlich angesehen hatte, da ich so beschäftigt gewesen war mit der Zeitschrift, mit meinen Reisen, mit Büchern und Ideen.

Jetzt sah ich es wieder, Västmanland, das Linné um seiner blühenden Frühsommerwiesen willen gepriesen hat, und es war ein Gefühl wie heimzukehren.

Beinah mein ganzes Leben lang bin ich eher unglücklich gewesen als glücklich, und trotzdem habe ich kein Talent dazu. Früher oder später komme ich immer auf einen Ausweg, auf eine Möglichkeit, mich wegzustehlen und doch noch ein wenig Glück in irgendeinem Winkel zu finden.

Und im Juni 1971 waren es die Stereo-Kopfhörer an der langen Nabelschnur.

»Surge, amica mea, surge,
iam hiems transiit,
flores apparuerunt
in terra nostra«

– Was singt er da, fragte meine Frau und legte den Kopf an einen der Hörer.

»Steh auf, steh auf, meine Freundin, und folge mir,
der Winter ist schon vergangen,
und die Blumen sind hervorgekommen
in unserem Land«

sagte ich und legte die Kopfhörer auf den Gartentisch.

Es war wirklich ein friedlicher Abend. Die Drosseln auf dem Friedhof waren ganz unter sich. Hin und wieder gingen abendliche Wanderer die Blåsbogatan entlang, gedämpfte Stimmen und das Geräusch von Schuhen im Kies und der Gesang der Vögel, das war alles.

Ich wollte gerade sagen, daß es vielleicht doch ein wenig kühl zu werden beginne und daß wir hineingehen sollten, als ein Auto mit gelbem Scheinwerferlicht, das im Sommerlicht noch besonders gelb wirkte, in die Blåsbogatan einbog. Es hielt draußen vor dem Tor mit dem charakteristischen kleinen Schlußgebrumm eines abgeklapperten alten Volvos.

– Wer mag das sein, so spät?

– Keine Ahnung.

Ein magerer Mann in meinem Alter, mit etwas schütterem Haar und Goldrandbrille und großen blauen Augen schaute zwischen den Latten des Zauns durch.

– Hallo, ich störe hoffentlich nicht.

Es war Ternberg. Er ist ein Vetter von mir, den ich ein paarmal im Jahr sehe. Manchmal bleibt er über Nacht und trinkt einen Schluck mit uns, wenn er auf seinen Reisen vorbeikommt.

Ternberg ist Pfarrer. Er ist auf irgendeine Art für das Stiftsgut in Rättvik tätig, wo er kirchliche Freizeiten und Meditationsübungen leitet, und zwischendurch fährt er mit seinem alten Volvo in der ganzen Diözese herum. Er ist auch schon Seemannspfarrer in Hongkong gewesen.

Er ist, wie ich schon sagte, mager, wohlerzogen und nett. Selbst wenn er fett, unangenehm und niederträchtig wäre, hätte ich ihn trotzdem empfangen müssen. Er ist immerhin mein Vetter, und ich habe nicht sonderlich viel Kontakt zu meiner Verwandtschaft. Ich bin der einzige Sohn meines Vaters, und der wiederum war der einzige Sohn seines Vaters, und so habe ich wirklich mein ganzes Leben lang mit den Verwandten sehr sparsam umgehen müssen.

– Komm herein, sagte ich. Bist du müde?

– Nicht im geringsten, sagte er munter. Ich bin heute früh in Rättvik losgefahren, und erst hatte ich etwas in Virsbo zu tun, dann war ich bei einem russischen Studienkreis in Hallstahammar, und bei dieser Gelegenheit habe ich in Nibble bei Großmutter Tekla vorbeigeschaut (sie sollte im Jahr darauf ihren hundertsten Geburtstag feiern). Morgen werde ich nach Fagersta und Trummelsberg fahren.

– Trummelsberg, sagte ich.

– Freilich, sagte er. Wir haben in Trummelsberg jetzt eine kleine Kirche. Das Hüttenwerk hat einiges Geld dafür gegeben und sogar ein Glasfenster von Randi Fischer bezahlt, und eine internationale Arbeitsgruppe von Jugendlichen aus aller Welt hat sie dann 1961 gebaut. Hast du das nicht gewußt?

– Ich bin seit vielen Jahren nicht mehr in Trummelsberg gewesen, sagte ich.

– Es ist enorm gewachsen, sagte er. Seit das neue, automatisierte Walzwerk entstanden ist. Es wimmelt dort von Finnen und Deutschen und Türken und Jugoslawen. Der katholische Pfarrer aus Västerås kommt zweimal im Monat vorbei und hält in derselben Kapelle katholische Gottesdienste ab.

– Donnerwetter, sagte ich.

Wir reden sehr selten über kirchliche Angelegenheiten. Er ist, wie gesagt, ein netter Kerl. Mitte der sechziger Jahre trug er sogar eine Zeitlang ein FNL-Abzeichen am Revers, aber neuerdings trägt er es nicht mehr. Vielleicht hat er es verloren. Oder er ist von irgendeinem Vorgesetzten ausgeschimpft worden.

– Komm herein mit deiner Tasche. Soll ich dir einen Tee machen, sagte meine Frau, oder magst du vielleicht einen Whisky.

– Ich nehme gern einen Whisky, sagte er.

Er sagt gern »alldieweil«, und alle Leute nennt er »die Freunde«.

– Ich hatte einen Defekt am Keilriemen, gleich nach der Abzweigung nach Surahammar, sagte er. Aber ein paar Freunde in einem alten Amiwagen hatten einen Reserveriemen. Sie haben ihn mir sogar ausgewechselt. Ich brauchte nicht einmal mein Werkzeug herauszuholen.

– Das war aber nett von ihnen, sagte meine Frau.

Er verschnaufte sich hörbar hinter seinem Glas, putzte seine Brille und schaute hinüber zu Tessins mächtigem Kirchturm, der zwischen den schweren, abwärts geneigten Baumwipfeln hindurchschimmerte. Ein paar rastlose Dohlen, die nicht zur Ruhe kommen wollten, umkreisten den Turm.

Es gibt eine alte västmanländische Geschichte von dem Mütterchen aus Fläckebo, das nach Väster Färnebo kam. Fläckebo liegt oben im Wald, bei Färnebo ist er zu Ende, die Täler des Mälaren weiten sich aus, man sieht nur Äcker so weit das Auge reicht, es ist vorbei mit der Dunkelheit, vorbei auch mit den Seen, dem Moränengeröll, den Bergrücken. Statt Windröschen und Wollgras wachsen dort Weizen und Roggen, die sich im Wind wiegen.

– Herrje, ich hatte keine Ahnung, daß die Welt so groß ist, sagte das Mütterchen aus Fläckebo, als es nach Väster Färnebo kam.

Nördlich von uns verläuft die Grenze am Hüttenwerk von Skultuna vorbei, wo der träge, braune, krebsreiche Svartån zum letztenmal ein paar kleine temperamentvolle Wasserfälle zustande bringt und dann, schwerfällig wie ein Gemeinderat von Kolbäck, der für eine neue Kläranlage plädiert, zwischen hohen Schlammbänken dahinfließt, nach Västerås hinunter, wo er im Schatten hoher Weidenbäume in den Mälaren einmündet.

Es ist ganz einfach ein Waldrand, und nördlich davon beginnt ein Schweden anderer Art. Am Gut von Forsby steht eine mächtige Eiche, sie muß dreihundert oder vierhundert Jahre alt sein, und sie bildet den Endpunkt für etwa dreißig Pflanzenarten. Nördlich von Forsby wachsen keine Misteln, kein Hagedorn und keine Schlehe, kein Knabenkraut, kein Ahorn.

Dann kommt der Waldrand. Die alte Landstraße, die kaum jemand benutzt außer Waldarbeitern auf dem Moped und Fuhrleuten, die mit einer solchen Überladung fahren, daß sie Angst haben, von der Polizei geschnappt zu werden, und das will schon etwas heißen. Dort wimmelt es von Elchen, und dann und wann landen sie im Schoß von unachtsamen Autofahrern, mit blutendem Kopf und zersplittertem, zerschlagenem Geweih. Die Straße führt durch eine Art Sumpfland, durch Moore. Es duftet nach Humus und Geißbart, Heidemyrte – es ist eine würzige Mischung. Die Höfe werden zusehends immer seltener. Tief drinnen im Wald liegt das einsame Gehöft Bovallen mit seiner weißen Mauer, und dann wird es wieder dichter.

Das Buschwerk breitet sich mit ungeheurer Geschwindigkeit über die Ackerflecken der Kleinbauern aus, und der Wald wird mit jedem Jahr dunkler und tiefer, nur hier und da öffnen sich riesige Kahlschläge, wo die Erdbeeren einen besonderen, einen süßeren Geschmack bekommen.

Das Sumpfland, das Moorland dehnt sich dreißig oder vierzig Kilometer nach Norden hin aus, erst in den Wäldern um Ramnäs und Gunnilbo endet es oder, richtiger gesagt, dort beginnt es, denn jeder vernünftige Landschaftsschilderer würde sich natürlich von Norden nach Süden bewegen, so, wie die Wasserläufe fließen, aber ich kann mich niemals von der Art und Weise lösen, wie ich diese Landschaft erlebte, als ich mich in den vierziger Jahren erstmals auf meinem verbeulten und klobigen Jungensfahrrad in sie hineinwagte.

Um die Hüttenwerke von Ramnäs herum fließt so gut wie überall Wasser; zwischen dem alten Werk und den Werksschuppen aus dem achtzehnten Jahrhundert gibt es ein Gebiet, das Spången genannt wird, dort überqueren eine Menge von schmalen kleinen Holzbrücken unzählige Wasserläufe, von denen einige unterirdisch sind, andere vollständig sichtbar, sie fließen zwischen kleinen Inseln durch, die von Pflanzenwuchs überquellen und auf denen es von Schlangen wimmelt.

Schleusen, Kraftwerksluken, dunkle Stauwasser, Strudel, an denen riesengroße Hechte stehen, zumindest in meiner Kindheit standen sie dort und schnappten nach Sauerstoff.

Es ist jetzt sehr still in dieser Gegend; vereinzelte Hüttenbetriebe, die sich mit riesigem Grundbesitz und mit ausländischen Arbeitskräften über Wasser halten, verfallende Häuser, langgestreckte Werksgebäude, deren Fenster von arbeitslosen Jugendlichen eingeschlagen worden sind, alte Leute, die am Sonntagnachmittag bei Kaffee und Kuchen auf der Veranda sitzen.

Und Wasser, überall Wasser. Hier bildet das Stromsystem des Kolbäcksån eine ganze Seenkette; man wird höher und höher hinaufgeschleust, und je höher hinauf man kommt, um so mehr weitet sich die Landschaft. Zuerst kleine dunkle Gewässer, Seerosen und uralte Hechte, Schilf und Laichkraut, dann Seen mit moosigen, unsicher schwankenden Ufern. Dann immer größere, immer weitere Seen. Das Hüttenwerk von Virsbo, und kurz vor dem Werk eine eigentümliche Landzunge, auf der ganz weit draußen ein verlassener Hof liegt, wo man seit Jahrzehnten keinen Menschen mehr gesehen hat und wo eine eigentümliche Eiseskälte in den Zimmern herrscht, eines von diesen Häusern, die einen eigentümlich unsicher machen, man holt tief Luft, wenn man zur Tür hereingekommen ist, man spürt eine überdeutliche, schleichende Angst, obwohl die Räume völlig leer sind, nur hier und da flattert ein Tapetenfetzen im Luftzug, der durch die Tür hereinkommt.

Und dann schließlich öffnet sich die gewaltige Wasserfläche des Åmänningen, blau von hohen Bergrücken und Hügeln, freies offenes Wasser. Zwanzig Kilometer lang und zehn Kilometer breit, mit Tausenden von geheimnisvollen Strömungen und Untiefen, frisches Wasser, das um den Bug rauscht und nur die allerschwächste braune Färbung hat, den allerschwächsten bitteren Geschmack von Humus.

Im südlichen Teil des Sees gibt es einen Kessel, Bo Gryta, der bis zu dreißig Meter tief ist. Fünfundzwanzig Meter tief lotet man durch klares Wasser (das schon nach dem vierten kohlschwarz wird), die letzten fünf Meter bestehen aus Sedimenten, die sich aus den oberen Seen im Stromsystem hier abgelagert haben, weil diese noch keine vollständigen Kläranlagen besitzen (das ist so am billigsten für die Fabriken, denen fast der gesamte Strand in gewissen Teilen dieser Gegend gehört), und den ganzen Schlamm hat dieser Kessel aufgesammelt, seit dem Beginn des zwanzigsten Jahrhunderts, als noch schwerbeladene Erzkähne auf diesen Gewässern kreuzten, schwer von Erz und mit knarrendem Tauwerk, während die Schiffer am Steuer saßen und Matten aus Platting webten. Zu jener Zeit gab es dort eine einzige Schicht von riesigen fetten Krebsen, die sich träge in den Schlammgründen draußen bewegten. Auch der Lachs gedieh. Noch heute werden in diesen Gewässern im Winter solche Zanderfänge gemacht, daß sie die ›Vestmanlands Läns Zeitung‹ zu Meldungen darüber veranlassen.

All die alten rätselhaften Geschichten über Bo Gryta und über das, was sich dort verbirgt, sollen in dieser Erzählung nicht erwähnt werden. Und ungefähr das gleiche gilt auch für die einsamen, grenzenlos großen Wälder westlich vom Åmänningen, für die alten Spuren mittelalterlicher und noch älterer Eisengrubenlöcher an der von der Menschheit und der Zivilisation abgewandten Seite des Landsbergs.

Worauf ich hinaus will, ist, daß ein ganzes Stück weit drinnen in diesen Wäldern im Westen, mit einer Anfang der sechziger Jahre im Auftrag des Arbeitsamts gebauten modernen Industriestraße versehen, die Großgemeinde Trummelsberg liegt, in einem nach Westen führenden Flußtal mit einem eigenen kleinen Stromsystem, das seine Wasserscheide oben auf einer ausgedehnten Hochebene hat, die sich nach Westen zu bis in die Gegend von Gunnilbo und Skinnskatteberg erstreckt.

Trummelsberg ist eine Großgemeinde und stellt alle möglichen Arten von Gußwaren und Walzgut her, und es gibt dort eine ungeheure Menge von zugewanderten Arbeitskräften, am Ort wohnen wohl ungefähr sechs- bis siebentausend Menschen, und drumherum eine spärlich besiedelte Landschaft, wie üblich im Västmanland, mit den üblichen verfallenden Höfen, wo ein aufgeweckter Sohn des Hauses die Scheune zu einer Werkstatt umgebaut hat, mit landwirtschaftlichen Geräten, die draußen auf den Feldern verrosten, und vereinzelt eine abgelegene Tankstelle mit einer Gulf-Tanksäule aus der Zeit vor dem Ersten Weltkrieg und einem Blechschild mit der Reklame für das Waschmittel »Waschbär«.

Wenn der Herbst kommt, wird es so still in dieser Landschaft, daß sie vor Stille beinahe dröhnt.

Dann und wann kommt ein Zug vorbei, aber jetzt halten täglich nur noch zwei in Ängelsberg. Seit die Gruben in Norberg stillgelegt worden sind, rangieren auf dieser Linie keine Erzzüge mehr.

Die Gewässer liegen sehr still da, schwer und ölig. Und an solchen Herbsttagen kann man dann und wann einen einsamen Vogel in der Stille rufen hören, als schreie er aus Trauer über etwas Verlorenes.

Aber jetzt herrschte Frühsommer, und die lange helle Nacht wurde schließlich so kalt, daß wir, meine Frau, der Pfarrer und ich, vor den Mücken fliehen und mit unseren Gläsern in mein Arbeitszimmer umziehen mußten.

– Du siehst doch ein bißchen müde aus, sagte ich zu dem Pfarrer.

– Nun ja, sagte er. Es hat in letzter Zeit ein bißchen viel Arbeit gegeben.

Er strich sich mit der Hand über sein ordentlich gekämmtes rotes Haar.

Meine Frau wollte grade aufstehen, um die Gästelaken zu holen und das Gästebett zurechtzumachen, das in dem Zimmer steht, in dem wir sonst gewöhnlich fernsehen und unseren Nachmittagstee trinken, als er plötzlich für einen Augenblick hellwach wurde, mich scharf fixierte, als sei ihm grade etwas eingefallen, und sagte:

– Erinnerst du dich an einen von den Freunden in Uppsala, der Lars Herdin hieß?

Herdin, Herdin – Herdin?

– Mager, etwas schüchtern, Mathematiker.

– Ach ja, klar, sagte ich. Jetzt weiß ich, wen du meinst. Lars Herdin, ja, er war ja genauso alt wie ich. Doch, noch sehr gut.

Herdin habe ich früher einmal sehr gut gekannt. Meine erste Erinnerung an ihn stammt von irgendeinem Tanzabend des Studentenverbandes Västmanland-Dalarna in den fünfziger Jahren in Uppsala. Überall Mädchen, die nach billigem Parfüm und Schweiß riechen, die meisten von der Margaretha-Schule und aus dem Schwesternwohnheim, und Herdin steht an einen Türpfosten gelehnt und schaut ein bißchen schüchtern nach den Mädchen.

Sechsundfünfzig wurden wir beide zum Königl. Uppländischen Regiment eingezogen und verbrachten den warmen Sommer 1956 beim Regiment. Ich interessierte mich in diesem Sommer nur für zwei Dinge, für ein Mädchen, das nicht da war, weil sie die Stadt verlassen hatte, um an irgendeinem idiotischen Ort in Norrbotten zusammen mit Tora Palm Erdbeeren zu pflücken (waren es wirklich Erdbeeren, die sie pflückte?), und für Leibniz' Philosophie. Ich erinnere mich, daß ich Herdin Leibniz' Philosophie erläuterte und daß es ihm leichtfiel, sie zu verstehen. Das tat ich zwischen der Bushaltestelle oben an dem Dreiecksplatz und der Baracke Nummer zwölf, in der wir wohnten. Ich erinnere mich so genau daran, weil es einer von diesen Sommerabenden war, an denen man ganz deutlich eine Art Mikroklima spürt, oben an der Bushaltestelle war es kälter, und je mehr wir uns dem Barackenquartier näherten, desto lauer wurde die Luft.

Unsere Kameraden waren richtige Wilde, eine Mischung aus

Bauernrekruten und frechen Bengeln aus der Stockholmer Südstadt, die die Vorgesetzten zum Wahnsinn trieben und nie ihre Socken wechselten.

Es roch immer nach nasser Wolle in dieser Baracke und nach Waffenöl und nach scharfem, postpubertärem Schweiß. Es war ein Ort, der gut war gegen Einsamkeitsgefühle.

Herdin borgte sich von mir ein Exemplar von Lars Forssells ›Der Narr‹, das weiß ich noch sehr gut. Ich habe es nie geschafft, das Buch wieder zurückzubekommen. Ich erinnere mich, daß ich ihm im Sommer 1957 aus Oxford schrieb und ihn bat, es mir zu schicken, aber ich glaube nicht, daß ich je eine Antwort bekommen habe.

Herdin war ein zerstreuter Typ.

Am 16. März 1957 wurden wir entlassen, und beim Entlassungsfest, das in einer Wirtschaft außerhalb der Stadt gefeiert wurde, fiel Herdin sehr früh um. Ich erinnere mich noch dunkel daran, daß wir uns um irgendeinen Rote-Bete-Salat stritten, nicht er und ich, sondern wir alle, die gesamte Baracke zwölf bewarf sich mit Roten Beten.

Im Gegensatz zu mir, dem Alkohol eigentlich überhaupt nichts ausmacht, vertrug Herdin ihn nicht besonders gut.

Es war überhaupt ein etwas chaotisches Abschiedsfest. Die Sache mit den Roten Beten ärgerte die Dame, der die Wirtschaft gehörte, und sie drohte mit der Polizei, falls wir nicht verschwänden.

Wir hatten gar keine Lust zu verschwinden. Wir hatten für unser Entlassungsfest bezahlt.

Der Höhepunkt war erreicht, glaube ich, als jemand einen alten Vorhang zwischen der Wirtsstube und dem Flur herunterriß, sich in ihn einwickelte und einschlief.

Die Wirtin, mit stripsigen grauen Haarsträhnen und einem Mund wie ein Hecht, stand am Telephon und versuchte heulend die Polizei anzurufen. Es war ziemlich weit draußen auf dem Lande, nach dem Hågatal zu, und ich glaube nicht einmal, daß sie die Polizei erreichte. Es würde mich übrigens gar nicht wundern, wenn ihr jemand auch noch das Telephonkabel herausgerissen hätte.

Jedenfalls wurden wir um zwei Uhr nachts rausgeworfen, was zur Folge hatte, daß dreißig Personen in einer Einzimmerwohnung in Sala Backar übernachten mußten. Ich erinnere mich noch an den entsetzlichen Hexenschuß, den ich davon bekam, daß ich oben auf dem Regal in der Garderobe schlief, aber ein Soldat kann ja, wie jeder weiß, in den unmöglichsten Stellungen schlafen.

Ich habe ihn tatsächlich dreizehn oder vierzehn Jahre danach wiedergesehen. Das war 1970, an einem Abend im September, auf dem Platz vor dem Dom in Västerås. Grade an diesem Abend waren ziemlich viele Leute dort.

Er tauchte für einen Augenblick in dem Gewühl auf, ich erkannte ihn sofort, und wir wechselten ein paar Worte:

– Na sowas, grüß dich
– Wie geht's dir denn so
– Naja, man lebt
usw.

Ich habe ihn als einen kleinen, mageren Typen in Erinnerung, mit ziemlich markanten Backenknochen und einer hohen schmalen Stirn. Damals trug er eine von diesen Brillen aus rostfreiem Stahl, die aussehen, als wären sie mit einem Druckknopf hinter den Ohren befestigt.

Von Uppsala her wußte ich übrigens, daß er Technik, Physik und Mathematik studiert hatte und als echte Begabung galt. Er schrieb eine von diesen Dissertationen, die nur ein paar Seiten umfassen, aber sofort in einer Zeitschrift abgedruckt werden. Dann hatte er von der amerikanischen Luftwaffe ein Stipendium bekommen, um irgendwelche numerischen Asymmetrien ausfindig zu machen – in den fünfziger Jahren waren in Uppsala ziemlich viele solcher Forschungsgelder der amerikanischen Luftwaffe im Umlauf, es hatte damit also nichts Besonderes auf sich. Das war zu der Zeit, als man sich mit etwas beschäftigte, was man Wettrennen im Weltraum nannte und was damals für ungeheuer wichtig gehalten wurde.

Auf jeden Fall blieb die Sache anscheinend irgendwie stecken. Er kam mit seinen Asymmetrien nicht vom Fleck, seine Altersgenossen bekamen nach und nach ihre Habilitationsschrift fertig und wurden auf flotte amerikanische Lehrstühle berufen, aber aus ihm selbst wurde nichts, und nach ein paar Jahren war er fort.

– Warum fragst du nach Lars Herdin, sagte ich.

– Ich hatte letzte Woche eine verflixt traurige Pflicht, sagte der

Pfarrer. Ich mußte seine Mutter ausfindig machen, sie wohnt in Hallstahammar, und mußte ihr mitteilen, daß er verunglückt ist.

– Mein Gott, sagte ich, ist er tot.

– Ja. Er war nur aus dem Haus gegangen, um eine Abendzeitung zu kaufen. Und dann kam ein Lastzug von der Fabrik, mit Kurbelwellen. Völlig überladen, natürlich, und konnte nicht mehr bremsen. Du weißt, wie es in Trummelsberg aussieht. Die Durchgangsstraße führt quer durch den Ort, und niemand kümmert sich um die Geschwindigkeitsbegrenzung.

– Du willst damit sagen, daß es in Trummelsberg passiert ist, sagte ich.

– Ja.

– Was hatte er denn da zu tun?

– Hast du das nicht gewußt? Er ist in den letzten zehn Jahren dort Lehrer gewesen. An der Zentralschule. Für Mathematik und Physik.

So war das also mit Lars Herdin. Geboren am 17. Mai 1936. Gestorben in Trummelsberg, als er unterwegs war, um eine Zeitung zu kaufen, am 6. Juni 1971. Ein magerer Typ, hohe Backenknochen, schmale hohe Stirn, Nickelbrille, Doktor der Mathematik, ziemlich schweigsam.

Später habe ich immer öfter über ihn nachgedacht.

Es steckt eine Geschichte dahinter. Sie handelt, so könnte man sagen, von einem Zustand, an dem zwar sehr vieles Lüge ist, aber nicht alles. Es gibt Risse im Beton, es sickert, es ist zu hören. Es ist die Wahrheit, nein, nicht die Wahrheit, aber es sind Wahrheiten, die da durchsickern.

Sie geht so:

Bis um achtzehnhundertvierzig herum schien es nur immer bergab zu gehen. Das Bergbaukonsortium in Stockholm war voll von Pessimisten, die Grubenverwaltung seufzte, ein Hüttenwerk nach dem andern wurde stillgelegt, der dunkle Hochwald rollte wie eine mächtige Woge über die kleinen Eisenhütten und Hammerwerke hinweg.

Die alten, schwerbeladenen Erzkähne stampften mit knarrenden Stagen bei jedem Wetter über den großen See, außer wenn er mit Eis bedeckt war. Manche kamen niemals an, jedoch die meisten. Wenn es in den Hüttenwerken kein Roheisen mehr herzustellen gab, wurden die Arbeiter gewöhnlich in den Wald geschickt, um sich von Blaubeeren und von der Elchjagd zu ernähren, und an jedem Freitag wurden die Aufsässigen zum Gutsherrn befohlen und bekamen eine Tracht Prügel. Das Roheisen wurde, falls es also Abnehmer dafür gab, von einer endlosen Reihe von Trägern in langen Hemden und mit Lederschürzen auf die flachen, plumpen Erzkähne verladen.

Anfang Oktober roch der ganze Wald nach verfaulten Pilzen, und der rote Hüttenrauch kroch niedrig über die roten Häuserzeilen unter den Ahornbäumen hin. Die Zwergmaräne wurde für den Winter in Fässern eingesalzen.

Anfang der vierziger Jahre des neunzehnten Jahrhunderts tauchten in dieser Gegend englische Eisenbahningenieure auf. Sie vermaßen das Land mit seltsamen kleinen Messingfernrohren auf dreibeinigen Podesten, sie schlugen im Wald Pfähle ein und verblüfften die kleinen Buben durch ihre eigentümliche papageienartige Sprache.

Irgend jemand war auf die Idee gekommen, die Eisenbahnlinie von Bergslagen bis hierher auszubauen. Das dauerte ein paar Jahre, und dann war die Zeit der Erzkähne vorbei.

Ein neues Kapitel in der Kolonisation dieses Gebiets war angebrochen.

Der alte Graf Hermansson von Trummelsberg, der uns noch heute leicht vorwurfsvoll mit seinem Backenbart aus dem Portrait in der ›Geschichte der Trummelsberger Hüttenwerke‹ entgegenblickt, hatte sich noch ein paar Jahre zuvor Auge in Auge mit dem Konkurs befunden. Nun konnte er die Seitenflügel seines Gutshauses ausbauen, wo heute die Diplomkaufleute einquartiert sind, soweit sie nicht in dem häßlichen achtstöckigen Hochhaus aus neobrutalem Beton am Vegavägen sitzen.

Nun kamen Schwäne in die Seerosenteiche, und neue Rundeisenwalzwerke entstanden, wo Schmiede in feierlichen langen Hemden und darunter nackt wie die Engel heftig schlingerndes Walzeisen einfingen und es in die nächste Walzstraße hineinbeförderten, sechzehn Stunden lang jeden Tag. Sozialisten mit schwarzen breitkrempigen Hüten erschienen auf Velozipeden und verteilten vor den Hütten Flugblätter und wurden von eben erst eingestellten Werkspolizisten in Mützen mit blanken Schirmen fortgejagt. Da tobten die Streiks, Werkspolizisten bekamen Beulen ins Genick, Betriebsleiter schickten Telegramme an Regierungspräsidenten, und berittene Schwadronen vom Königl. Västmanländischen Regiment wurden alle paar Jahre auf dem Trummelsberger Bahnhof ein- und ausgeladen, aber davon wurde weiter kein Aufhebens gemacht. Das Motto des Hüttenwerks lautete ja: Per Aspera ad Astra, und die Erzkonjunktur stieg und fiel, je nachdem wie die unbegreifliche europäische Politik mit ihren Balkankriegen und Bismarcks und Ballonaufstiegen und Sepoyaufständen sich gebärdete, und abends saßen die Leute auf den Veranden der langgestreckten roten Werksgebäude, wie sie es immer schon getan hatten, und tranken in aller Ruhe ihren Kaffee.

Und die Konjunktur stieg und stieg. Jünglinge in Sportmützen bastelten an Motorrädern von Husqvarnas Vapendepots ausgezeichnetem Fabrikat herum. Kaufmann Berg von Bergs Viktualien ließ sich zusammen mit seinen Verkäufern, Jansson und Gustafsson, auf der Treppe photographieren, und man kann sehen, daß sowohl das Scheuerpulver »Scheuerwichtel« als auch Pellerins Pflanzenmargarine nach Trummelsberg gelangt sind und daß auf dem Hof vor dem Laden eine von diesen farbenfrohen Tanksäulen steht. Die Züge kamen und gingen mit der schönsten Regelmäßigkeit – die englischen Eisenbahningenieure waren Männer, die sich auf ihr Handwerk verstanden, und zweimal täglich kamen die endlosen Erzzüge mit ihren Kippwagen aus dem Norden und dazwischen die kürzeren Roheisenzüge in südlicher Richtung, und Personenzüge natürlich, die Salonwagen der ersten Klasse mit Kristallkaraffen und Gasbeleuchtung, maiglöckchenförmigen Lüstern, die der Schaffner in der Dämmerung anzündete, während die Betriebsleiter nach und nach an den einzelnen Werken ausstiegen, wo sie im Auto abgeholt wurden, die schmucke zweite Klasse mit Damen, die keinen Luftzug vertrugen, und die dritte Klasse mit braunen Holzbänken, ausgespucktem Kautabak und einem starken Geruch nach alten Apfelsinen.

Handlungsreisende und Diplomingenieure in Knickerbockern, Nähmaschinenvertreter und junge Burschen mit Schwielen an den Händen, die nach Västerås unterwegs waren, um ihren Wehrdienst abzuleisten, Gutsfräulein und Wanderprediger, Landschaftsmaler und Volksschullehrer stiegen ein und aus. Es war eine ganz kleine, ganz freundliche Eisenbahnlinie, und sie verlief parallel zur Seenkette, so daß man hier und da alte Männer beim Fischen in flachen geteerten Kähnen langsam zwischen den Bäumen den Strom entlanggleiten sah, und Seezeichen, die vor den scharfgezackten Untiefen in der Stromrinne warnten, und das alles sah sehr ruhig, sehr friedlich und hübsch aus.

Sonntag morgens stand eine Schar von Zeitungsjungen am Bahnhof unten und wartete darauf, daß die Zeitungen aus dem vorletzten Wagen herausgeworfen würden, und es gab einen fürchterlichen Lärm und Streit, bis jeder Junge seine Stapel bekommen hatte, und wie ein Schwarm von schwarzen Elstern in ihren Kapitänsmützen schwangen sie sich auf ihre Fahrräder und verteilten sich über den Ort.

Und nach und nach erschienen große schwarze Schlagzeilen über den Weltkrieg und den Fleischwolf von Verdun und den Fliegerhelden Rittmeister von Richthofen und seine berühmte Rote Schwadron und Frontkarten und Rationierungsverordnungen und Zeppeline über London. Und die Roheisenpreise stiegen und stiegen, und es kamen endlose Züge mit Schrott an, allen möglichen Arten von Schrott, so verbeult und verbogen und zerfetzt, daß selbst der Leibhaftige sich nicht vorstellen konnte, was all dieser arme Schrott im Laufe seines Daseins mitgemacht hatte. Und das alles wanderte zusammen mit dem besten Nordsee-Erz und basischer Holzkohle in die Hüttenöfen, um als erstklassiges Trummelsberger Roheisen wiederzuerstehen, mit dem Firmenzeichen, einem großen gediegenen »H« (nach den Grafen Hermansson) in einem tadellosen Hochrelief auf jedem Block.

Nun wurden schmucke weiße Angestelltenhäuschen am Bergrücken entlang gebaut, aber die Werkmeister wohnten weiter unten, am Långgärdesvägen. Und sowohl die Angestellten als auch die Werkmeister wurden immer zahlreicher. Das Unternehmen wurde irgendwann nach dem Tod des letzten Grafen

Hermansson in eine Aktiengesellschaft umgewandelt, und kaum war dieser feine alte Ehrenmann unter die Erde gekommen, da gingen schon ein paar seltsame Dinge vor, die mit dem Zusammenbruch des Kreuger-Konzerns zusammenhingen, nachdem der Konzernchef in Paris durch eine Kugel den Tod gefunden hatte. Und ein paar Monate lang hielt ganz Trummelsberg den Atem an, denn wie sich herausstellte, besaß die Trummelsberger Hüttenwerke AG mehr von diesen Kreugerschen Debentures auf bestem handgehämmertem Lessebopapier als gut war, und praktisch jeden Tag kamen neue Herren mit dem Zug an und fuhren wieder ab, und im ganzen Walzwerk ging das Gerücht um, daß die Stillegung der Hüttenwerke in Kürze bevorstehe; man wußte nicht mehr so recht, für wen man eigentlich arbeitete oder bei wem man angestellt war, aber die Monate vergingen, und es geschah eigentlich nichts Besonderes, und in dieser Angelegenheit war auch weiterhin keine vollständige Klarheit zu erlangen.

Aber nun war die Zeit weit vorgerückt, und der Bischof Manfred Björkquist beendigte das große Treffen der kirchlichen Erneuerungsbewegung in Sigtuna mit den schönen und mahnenden Worten:

»So laßt uns denn weiterarbeiten!«

Und genau das tat man auch. Trummelsberg arbeitete weiter, man legte sich Vorrichtungen für Gesenkschmieden und Präzisionsguß zu und zog Kleinbauern von den umliegenden Höfen und Waldarbeiter und alle möglichen alten Männer heran, und es dauerte nicht lange, bis man eine recht beachtliche Produktion von Propellerwellen in Gang gebracht hatte. Als die Svenska Aeroplan Aktiengesellschaft in aller Stille Hitlers Luftwaffe aufzubauen begann, war Trummelsberg an einer Ecke mit dabei, und das war gar nicht so übel.

Eine Heinkel 111 braucht Propellerwellen aus hochwertigem Schweißstahl, und auf dem Grund des Ärmelkanals und unter den Sanddünen bei Tobruk und in abgelegenen Waldlichtungen in der Gegend von Kursk liegen Wracks der Heinkel 111 mit ihren sonderbaren Konstruktionen der oberen und unteren Glaskanzeln, zusammengesunken wie Pilze vom Vorjahr, die Propeller verbeult und verbogen wie welke Margeriten. Und wenn man im Rost herumstochert, kann man am Endstück der Propellerwelle ein ganz diskret aufgeprägtes »H« finden, und das ist ein »H«, das für die Grafen Hermansson steht.

Die Demokratie siegte auf der ganzen Linie, die Heinkel 111

verschwand aus dem Luftmeer, und auf der Kungsgatan wurde der Sieg der Demokratie in einer aus den Fenstern flatternden Papierwolke gefeiert. In Trummelsberg erschien Per Albin Hansson und trug das sozialdemokratische Nachkriegsprogramm auf einer zusammengeschreinerten Tribüne auf dem Konsummarktplatz vor (der kurz nach dem Krieg zum erstenmal als Markt bezeichnet und nach dem frisch verputzten Konsumladen benannt wurde), und das sozialdemokratische Nachkriegsprogramm war keine schlechte Sache, in mancher Hinsicht sogar ganz glänzend.

Und obwohl man sich immer noch nicht recht darüber klargeworden war, für wen man jetzt eigentlich arbeitete, nachdem die Grafen Hermansson mit ihren Backenbärten unwiderruflich zu Grabe getragen worden waren und die etwas anonymen Direktoren in grauen Anzügen in der Großen Villa oben auf dem Bergrücken so etwa im Abstand von drei Jahren abgelöst wurden, so daß sie nicht einmal zu richtigen Spitznamen kamen, ging Trummelsberg ganz vortrefflichen Zeiten entgegen. Jetzt gibt es dort Kaufhäuser, Domus, Forum, Punkt, Epa, Imbißstuben, Spirituosenläden und Eisenwarengeschäfte.

Im Zentrum der Hüttenwerke ragt jetzt auch, es ist kurz vor dem großen Herbststurm im Jahre 1969, die sechziger Jahre gehen mit anderen Worten zu Ende, der Wolkenkratzer der Werksverwaltung mit ganzen zwölf Stockwerken auf, hoch wie ein Förderturm. Und in seinem Schatten liegt das Gasthaus Bergsmannen, das eine Grillbar für werktags hat und einen vornehmen Raum mit Tischtüchern und Weinausschank für Freitag abends, wo dann ein hochgewachsener Portier dafür sorgt, daß nicht jeder hereinkommt.

Abends nach sechs liegt Trummelsberg ganz still da, wie auf einem Bild Olle Olssons von Hagalund, aber doch anders, im Winter wie im Sommer gleich still, und die einzigen Leute, die man draußen sieht, sind ein paar Jugendliche am Kiosk, die sich hartnäckig dort treffen statt in dem Jugendheim, das die Gemeinde zusammen mit den Freikirchlichen einen Kilometer draußen vor dem Ort unterhält.

Was tun die sechstausend Einwohner von Trummelsberg an den Winterabenden? Sitzen sie nur da und schauen sich das Fernsehprogramm an?? Das wäre ein voreiliger Schluß. Wer kann so dumm sein, sich einzubilden, daß sie die Geduld dazu hätten, jeden Abend drei bis vier Stunden lang dazusitzen und sich bedeutende Persönlichkeiten anzuschauen?

Oben auf dem Bergrücken liegt auch die Zentralschule, mit einem weiten Blick über den See, in weißen, einstöckigen Flachbauten, der Stolz der Gemeinde, mit Ziegelwänden in den Gängen und Kleiderhaken aus gedrechseltem und gebeiztem Kiefernholz und einem intensiven Geruch von nasser Wolle in den Gängen.

Trummelsberg selbst hat etwa sechstausend Einwohner, aber das Einzugsgebiet der Schule ist bedeutend größer, sie ist ja, wie der Name schon sagt, eine Zentralschule. Die Kinder kommen aus dem ganzen umliegenden Land, sogar noch aus der Gegend von Gunnilbo und Virsbo kommen sie.

Früh in der winterlichen Dunkelheit stampfen sie an irgendeinem Milchkannenständer im Schnee herum, verschlafen und kläglich, und warten darauf, daß der Schulbus sie aufliest. Sie sind so verschlafen, daß sie nicht einmal miteinander reden, die Älteren fischen einen Zigarettenstummel aus der Tasche und rauchen ein bißchen.

In der dichten, von Schnee erfüllten Dunkelheit abends gegen sieben kommt der Bus wieder vorbei und setzt sie ab.

Wovon dieser Landstrich eigentlich lebt, ist nicht leicht zu sagen. Es ist nicht einmal ganz leicht zu sagen, was er eigentlich enthält.

Die kleinen Wege verlieren sich im Wald. Einige davon führen zu Orten, wo Menschen wohnen, andere nicht.

Die Birkenhaine sind schon seit langem mit chemischen Mitteln weggespritzt worden, an ihrer Stelle wachsen jetzt Tannen. Grundbesitzer gibt es nur ganz wenige, meist sind es Hüttenwerksgesellschaften, die ungeheure Territorien besitzen.

Die letzten hartnäckigen Versuche, Vieh zu züchten, währten bis weit in die sechziger Jahre hinein, bis die Molkereizentrale sich Tankwagen zulegte, die zu groß waren, um die Seitenwege zu befahren.

Und auf alle Fälle waren für die Milch neuartige Kühltanks erforderlich, die sich niemand leisten konnte.

Die Bevölkerung dieser Gegend ist es gewöhnt, einen langen Weg zur Arbeit zu haben, einen langen Weg überallhin. Man wohnt fast hinter dem Steuer. Man behilft sich mit den absonderlichsten Autos, die mit immer zahlreicheren und immer häufiger selbstgefertigten Ersatzteilen zusammengeflickt werden. Und seltsamerweise scheint sich die halbe Gegend davon ernähren zu können, daß sie sich gegenseitig die Autos repariert.

Es gibt kaum noch eine Scheune, in der nicht jemand an alten

Motoren herumschweißt und herumbastelt, ausgeleierte Federn auswechselt und in die alten Lenkschubstangen eines Lastwagens neue Gewinde schneidet, um daraus Lenkschubstangen für einen Volvo zu machen.

Die Schließung der Dorfschulen hat zur Folge, daß man die Kinder nicht sehr oft zu Hause sieht. Sie kommen spät in der Abenddämmerung heim, essen ein bißchen was und schlafen tief, bis sie früh am nächsten Morgen in der schwarzen Winterdunkelheit geweckt werden müssen.

Aber das ist vergleichsweise belanglos, wenn man bedenkt, was die Einziehung der Omnibuslinie für alte Leute ohne Führerschein bedeutet hat, die nun mit dem Moped über die Landstraßen fahren oder zu Hause bleiben müssen, oder was die Schließung der Entbindungsklinik in Fagersta für die Wöchnerinnen bedeutet hat.

In der Dunkelheit, in der Oktoberdunkelheit kann es so aussehen, als läge dieser Landstrich ganz verlassen da. Als hätten sich alle Leute in ein anderes Land begeben, und das haben sie ja in gewisser Weise auch getan.

Wenn man aber seinen Wagen zum Halten bringt und den Motor abstellt und aussteigt, um zu lauschen, dann wird man nach einem kurzen Augenblick hören, wenn das Ohr sich gewöhnt hat, daß es Geräusche gibt, daß es Leben gibt in der Dunkelheit.

Irgendwo, weit entfernt, blinkt gelbes Licht in einem Fenster. Ein Hund bellt über einen See herüber, jemand geht über einen schotterbestreuten Hof. Von irgendwoher kommen Hammerschläge. Jemand ruft aus einem offenen Fenster nach jemandem, der nicht antwortet.

Ein Schaf blökt kindlich und klagend weit draußen auf einer Wiese, ein Traktor springt plötzlich blindlings mitten in der Dunkelheit an.

Es gibt dort ein labyrinthisches, unklares Leben. Es ist eine zur Hälfte verlorene Landschaft, aber nur zur Hälfte, nicht mehr.

Sie weigert sich, aufzugeben. Sie gibt nicht auf.

Diese Stelle im ersten Satz, wo es anfängt,
etwas schneller zu gehen

Im Hades riecht es nach nasser Wolle!

Nach nassen, ekligen Wollsachen, die lange im Regen draußen gehangen haben (vielleicht deshalb, weil jemand sie dort vergessen hat).

Nach nassen, ekligen Wollsachen an einer halbverfaulten Wäscheleine, die den halben Herbst über draußen gehangen haben (und die Wäscheklammern sind schon grau, nein, silbrig geworden).

Nach nassen, ekligen Wollsachen, die lange in irgendeinem alten Bottich gekocht haben, in einer abgelegenen Waschküche mit eingemauertem Waschkessel, der mit Holz beheizt wird, und wo der Wasserdampf an den Wänden entlang rieselt.

Nasse Wollsachen in einem Schulkorridor an einem Morgen im Februar, wenn draußen Schneematsch ist, der säuerliche Geruch nach Jugend, Pubertätsmenstruationen, Wollmänteln, roten Stiefeln mit nassen Einlegesohlen.

Ja. Im Hades gibt es Wolle. Wälder aus Wolle. Und Pilze, verfaulende Pilze, Kuhpilze, Parasitenpilze, formlose Massen, die über die Baumstümpfe rinnen.

Im Hades ist immer Herbst. Und deshalb sind die Gräben im Hades immer voll von Milchtüten, gebrauchten Präservativen, die langgezogen sind wie traurige Rauchfahnen im Herbstwind, verrosteten Fahrrädern und einem Ball, mit dem schon lange kein Kind mehr gespielt hat, zerfallenden Kartons, wo die Sommergäste ihren Müll abgestellt haben, Embryos, in sich zusammengerollt und mit übergroßen Augen schlafend.

Ja. Im Hades haben sie die Landschaft restlos aufgebraucht.

Ich heiße Lars Herdin. Ich bin jetzt vierunddreißig Jahre alt, und die sechziger Jahre sind zu Ende gegangen. Ich wohne in Trummelsberg, wo ich als Studienrat Mathematik und ein paar andere Fächer in der Oberstufe der Zentralschule unterrichte.

In diesem Jahr, 1970, habe ich schließlich den Tag für meinen Selbstmord festgelegt. Den ersten Oktober. Das ist ein Umzugsdatum.

Ich wohne im Obergeschoß eines gelben Holzhauses, das einem Werkmeister namens Eriksson gehört. Am Kågevägen Nummer 3. Er hat die Wohnung im Erdgeschoß, ich habe zwei Zimmer mit Küche im Obergeschoß. Jetzt im Spätherbst gibt es kaum noch Blätter in seinem Garten. Sie sind mit dem großen Herbststurm vor einer Woche fortgeweht. Er hat oben auf der Hügelkette viele Bäume umgerissen und hat die Landstraße für eine Nacht und einen ganzen Vormittag unbefahrbar gemacht, weil die Bäume wie Zündhölzchen quer über die Straße gefallen sind. Ein paar alte Fördertürme sind oben in der Gegend von Norberg eingestürzt: hier haben ein paar Häuser ihr Dach verloren. In den Zeitungen führt man das auf etwas zurück, was Vakuumeffekt genannt wird. Das ist natürlich Quatsch. Es gibt keine Vakuumeffekte. Die Häuser sind billig gebaut, saumäßig gebaut ganz einfach, die Dächer sind nicht festgenagelt, sondern an den Dachstuhl geheftet. Häuser werden nicht mehr für Menschen gebaut, die kommen, um zu bleiben.

Die meisten Waldwege sind nach drei Wochen immer noch nicht zu benutzen. Man kann nach Fagersta telephonieren, aber das ist auch schon alles.

Ich sitze an meinem Tisch im hintersten Raum, wo ich unter der Dachschräge meine Bücher habe, bis ganz hinauf, und zwei Aquarelle von Sand und eine Reproduktion von Turners ›Sklavenschiff wirft Kranke und Sterbende ins Meer, gerät in einen Taifun‹. Sitze an meinem Tisch und lebe noch, obwohl vor ein paar Wochen der erste Oktober gewesen ist.

Sitze an meinem Tisch und sehe eine ganze Stunde zum Fenster hinaus, ohne eigentlich überhaupt an irgend etwas zu denken.

Und die Luft ist voll von allen möglichen ruhelosen Krähen, die durch irgend etwas beunruhigt zu sein scheinen und sich nicht wieder niederlassen mögen. Es sieht fast so aus, als ernährten sie sich von dem roten Rauch des Hüttenwerks.

Und sie bewegen sich so, wie sich die kleine Gruppe von Halbwüchsigen mit ihren Mopeds dort unten am Kiosk am Ende der Straße hin und her bewegt, ohne je weiter als zehn Meter vom Fleck zu kommen.

Ich hatte mich also für den ersten Oktober entschieden. Ich weiß nicht, wie oft ich unten gewesen bin, um Erikssons Garage im Keller auszukundschaften. Er bewahrt dort seine Werkzeuge und Reservereifen und Schweißaggregate auf, und dort stellt er auch jeden Abend seinen alten Mercedes ein. Der Mercedes springt leicht an und läuft sehr leise, und die Garage ist sehr schlecht belüftet, und kein Mensch hätte etwas gemerkt, bevor es zu spät gewesen wäre. Erikssons hören nicht einmal das Telephon klingeln, wenn sie abends vor dem Fernsehapparat sitzen. Es soll völlig schmerzlos sein und sehr rasch gehen.

Der Körper, den man dann findet, wird etwas steif und schwer zu bewegen sein, aber das wäre ja eher ein Problem für die Gemeinde gewesen als für mich.

Dieser große alte bequeme Wagen hatte wirklich etwas Verführerisches, wie er da stand und nur darauf wartete, daß ihn jemand zu einem Ausflug benutzt.

Und zu was für einem Ausflug! Man kann alle Kontinente auslöschen, alle historischen Epochen, alle Regeln der Mengenlehre, die Booleanische Algebra und die provenzalische Lyrik, Kathedralen, Flottenkonvois und Erdteile, einfach indem man einen alten Mercedes ein paar Minuten lang in der Kellergarage eines alten Hauses am Rande eines Bergbaugebietes laufen läßt.

Ich habe mein ganzes Leben lang den Eindruck gehabt, daß ich mich mehr oder weniger zu so etwas wie einem idiotischen Ringkampf mit der Wirklichkeit habe verleiten lassen, und sie ist die ganze Zeit über als ein ausnehmend unfairer und gemeiner Gegner aufgetreten, der einen an völlig unerwarteten Stellen trifft, gerade wenn man dabei ist, ihn irgendwie in den Griff zu bekommen.

Diesmal sollte er jedenfalls sein blaues Wunder erleben, dieser Teufel!

Ein alter Mercedes in einer Garage reicht vollkommen dazu aus, um mit dem ganzen Universum Schluß zu machen.

Das ist es, was man unter Willensfreiheit versteht.

Diesmal würde er mich jedenfalls nicht so einfach überlisten können wie all die Male zuvor. Jetzt war ich am stärksten, und er war der Schwächere.

Die Garage also. Ich hatte mir gedacht, daß ich da schnell mal hineinschlüpfen würde, am Abend oder Nachmittag des ersten Oktober, um die Welt auszulöschen.

Es hat alles sein Gutes, wie man so sagt. Erstens gab es nichts mehr, wofür es sich zu leben gelohnt hätte, da ich auf die schwerste Probe meines Lebens gestellt worden war und sie nicht bestanden hatte.

Zum zweiten habe ich schon immer mir selbst gegenüber eine Art von nagendem Haß empfunden, der allerdings nie so recht eine Chance gehabt hatte, lichterloh aufzuflammen, aber jetzt brannte er wirklich.

Und drittens ging es einfach um die Bequemlichkeit. Die Stapel mit langweiligen mathematischen Klassenarbeiten los sein, die gleichen Klassenarbeiten jahraus, jahrein. Nicht mehr aufstehen, die Zähne putzen und zur Winterzeit morgens im Schnee frieren müssen, Winter für Winter. Nicht mehr im Februar die Steuererklärung machen, keine schmutzigen Laken mehr zur Wäscherei bringen brauchen, nicht mehr im Lehrerzimmer sitzen und über Gehaltsstufen und Mallorca-Reisen tratschen brauchen. Nicht mehr älter werden brauchen, und sich dabei immerzu einbilden, daß es mit allem vorangehe im Leben, wo man doch mit jedem Jahr nur ein bißchen abgestumpfter, ein bißchen tauber, ein bißchen dümmer wird.

Keine – wie man so sagt – gefühlsmäßig bedingte Angelegenheit. Ein vernünftiger Entschluß.

Ich bin ein ganz und gar überflüssiges Produkt. Kein Mensch hat jemals wirklich eine vernünftige Verwendung für mich gehabt.

Das ist, glaube ich, ein ziemlich weitverbreitetes Gefühl. Man braucht keineswegs so etwas wie ein Sonderling oder Eigenbrötler zu sein, um es zu haben. Daß die Leute sich nicht etwas häufiger den Luxus gönnen, sich das Leben zu nehmen, liegt wahrscheinlich eher an einem Mangel an rein technischem Wissen als daran, daß sie es nicht wollten. Sie können es sich, wie üblich, nicht leisten.

Kurz und gut, ich hatte ihn in der Falle. Diesmal würde er mir nicht davonkommen, dieser Teufel.

Jetzt ist es schon tief im November, und es ist nichts daraus geworden.

Zwei Tage davor habe ich mir nämlich drei Finger der linken Hand ganz verflucht in einer Autotür geklemmt. Ein Werklehrer namens Jansson, jung, drahtig, mit einer ebensolchen Frau, fragte mich, ob sie mich nicht nach Hause fahren sollten, da sie den gleichen Weg hatten und es so verdammt kalt war.

Ich bedankte mich und ließ mich auf dem Rücksitz zwischen all ihren Einkaufstaschen und Windelpaketen nieder. Wir fuhren durch den Ort, und sie plauderten frisch und munter drauflos, über eine Sauna, die sie sich bauen wollten, und über ihren

Jüngsten, der grade einen Zahn bekommen hatte, und ich saß da und fand die ganze Situation recht komisch, da ich von ihrer allgemeinen Begeisterung angesteckt wurde, so daß ich ebenfalls lebhaft und unbekümmert zu reden begann, und beim Aussteigen stellte ich mich so ungeschickt an, daß ich die Finger in der Tür hatte, als Jansson sie mit einem munteren »Tschüß« zuschlug.

– O je! sagte er. Ist dir was passiert?

– Ach was, es war gar nicht so schlimm, sagte ich, es hat fast nur den Handschuh erwischt.

– Glück gehabt, sagte er.

Irgend etwas hielt mich davon ab, diese netten Leute dadurch zu betrüben, daß ich ihnen erzählte, wie hundsgemein ich mich wirklich geklemmt hatte. Und was spielte das übrigens schon für eine Rolle?

Zuerst fühlte es sich auch nicht so schlimm an. Als ich in meine Diele hinaufkam und den Handschuh auszog, sah es nur ein bißchen weiß aus auf dem halben kleinen Finger, der Spitze des Ringfingers und der Spitze des Mittelfingers der linken Hand.

Es blutete nicht einmal. Nur der Nagel des kleinen Fingers sah etwas merkwürdig aus. Ich ging in die Küche und ließ kaltes Wasser darüberlaufen. Erst dann kamen die Schmerzen.

Ich fragte mich, ob wohl ein Knochen gebrochen wäre. Aber ich konnte alle Gelenke bewegen. Ich ließ immer noch das Wasser darüberlaufen, was etwas unbequem war, da ich noch den Mantel anhatte und den Expressen und den Schlüsselbund in der rechten Hand hielt, und darum ging ich wieder in die Diele hinaus, um den Mantel aufzuhängen.

Kaum war ich dort draußen, als es schon wieder verdammt weh zu tun begann.

So was Idiotisches, dachte ich, aber es wird wohl vorübergehen.

Es begann tief drinnen in den Fingern und strahlte gleichsam zu den Nägeln hin aus, nicht viel anders als ein richtiges altmodisches Zahnweh, und es wurde mir plötzlich bewußt, daß ich keine solchen Schmerzen mehr gehabt hatte, seit ich ein Kind war und wirklich die widerlichsten Zahnschmerzen hatte, die natürlich immer an Feiertagen einsetzten, an Weihnachten, Neujahr, Mittsommer, wenn kein Zahnarzt Dienst hatte.

Ich erinnere mich an einen Weihnachtsabend, an dem es damit anfing, daß ich irgendwelche Karamelbonbons aß, die meine

Mutter gemacht hatte, und ein Backenzahn plötzlich in einem wahnsinnigen, weißglühenden Schmerz förmlich explodierte, als hätte sich irgendein fremdes Wesen in meinem Kiefer niedergelassen.

Es endete, wenn ich mich recht erinnere, damit, daß ich herumlief (ich war erst zehn Jahre alt) und mit dem Kopf gegen die Wände rannte, bis es meinen Eltern gelang, den diensttuenden Arzt zu erreichen, der mir ein stark morphiumhaltiges Medikament gab, das mich in der normalen Welt festhielt, bis der Zahn am zweiten Weihnachtsfeiertag herausgezogen wurde.

Ganz so weh tat es in den Fingern nicht, aber es war das gleiche unheimliche Gefühl, als ob der Schmerz ein Eigenleben hätte, als ob er ein fremdes Wesen sei, das sich in mir niedergelassen hatte, um zu bleiben.

Ich war nicht mehr mein eigener Herr. Ein fremder, lebhafter Dämon hatte von mir Besitz ergriffen und nahm meine Aufmerksamkeit in Anspruch, indem er hartnäckig in meinen Fingerspitzen pochte.

Ich saß auf dem Rand der Badewanne und ließ mir eine halbe Stunde lang eiskaltes Wasser über die Finger laufen und konnte keinen vernünftigen Gedanken fassen. Dann stand ich auf und nahm einen ordentlichen Schluck Whisky zu mir. Er machte mir nur Kopfschmerzen.

Reduziert, erniedrigt, gedemütigt von diesen verdammten idiotischen Fingerspitzen, mit denen ich nichts zu tun haben wollte, die genaugenommen vollkommen überflüssig waren in der Situation, in der ich mich befand, ließ ich mich am Telephon nieder und fing an, nach Doktor Dybergs Nummer zu suchen.

Sein automatischer Anrufbeantworter teilte mit, daß er bis Mitte November verreist sei, und verwies alle Einwohner von Trummelsberg mit ihren Nöten und geklemmten Fingern nach Hallstahammar, das mindestens vierzig Kilometer weit von hier entfernt ist.

Angesichts der Vorstellung, im Schneetreiben mit dieser lächerlich schmerzenden Hand vierzig Kilometer weit Auto fahren zu müssen, zog ich es vor, zu Hause zu bleiben. Ich nahm mir noch einen Whisky und eine Kopfwehtablette gegen die Schmerzen.

Die Uhr an der Wand tickte und tickte. Unablässig fiel der frühe, allzu frühe Schnee. Ich frage mich, ob es nicht der erste Schnee in diesem Jahr gewesen ist.

Nach einer Weile versuchte ich, ein wenig in einem Roman zu lesen.

Es ging. Ich verstand, was ich las; auch wenn der Schmerz immer noch da war, hatte er doch sozusagen einen Rahmen erhalten: er war beim Lesen mit dabei.

Als ich das nächste Mal aufsah, waren zwei Stunden vergangen. Ich legte mich ins Bett und starrte an die Decke.

Der Schmerz war eigentlich das einzige, was existierte. Er klopfte und pochte durch die ganze Welt, und ich hatte keine Sorgen mehr, keine Depressionen, keine Sinnlosigkeit, über die ich hätte klagen können.

Statt dessen hatte ich ihn. Er war sozusagen mein Sinn. Er brauchte mich, und ich brauchte ihn.

Und ich lag die halbe Nacht lang da und schaute zur Decke hinauf und dachte: jetzt weiß ich, wer ich bin: ich bin ein Mann, dessen linke Fingerspitzen pulsieren und schreien.

Ich habe zu guter Letzt jemanden gefunden, der eine Verwendung für mich hat.

Und diese blöde alte Wanduhr tickte und schlug, es wurde zwei, und es wurde drei, und dann und wann wachte ich auf und nahm mir einen Whisky.

Gegen vier Uhr morgens schien es so, als hätte es etwas nachgelassen. Es pulsierte nicht mehr. Ich machte Licht und nahm mir meine zwanzigste Zigarette und wickelte die Binde ab. Das war nicht leicht. Ich mußte meine Zähne zur Hilfe nehmen. Die Finger waren jetzt rot und geschwollen und von grotesker Größe.

Das also bin ich, dachte ich. So sehe ich aus. Körper. Nichts als Körper. Ein mit Flüssigkeit angefüllter, unbestimmter Körper.

Das bin ich. Ein Körper.

Und so schlief ich ein.

Und so gewann er wieder. Er hat gewonnen!

Der pochende, bohrende, klopfende Dämon in den Fingerspitzen führte mich Schritt für Schritt zurück bis zu dem Punkt, an dem ich angefangen hatte.

Wie hat es denn angefangen?

Vor einem Jahr? Vor zwei Jahren? Vor mehr als dreißig Jahren?

Vor einem Jahr.

November. Dunkelheit. Es riecht faulig von den abgemähten Feldern, aufgeschreckte Hasen laufen weg und verstecken sich in den Stoppeln.

Die Seen liegen da wie Blei.

Als die erste Dämmerung über den Tälern und Seen bei Trummelsberg anbricht, sieht man, daß der Himmel bleigrau ist. Wolken türmen sich auf.

Müde schleppt sich ein Fernlastzug mit einer Länge von vierundzwanzig Metern, lebensgefährlich für Kinder und Radfahrer, den Berg zum Ort hinauf.

Er hat einen viel zu niedrigen Gang eingelegt, und deshalb wacht Ingrid, siebenunddreißig, Lehrerin für Englisch und Schwedisch, langsam aus einem Traum auf, der seltsamerweise von Kartoffelklößen handelte. Von fetten, ekligen Kartoffelklößen mit viel Butter drauf, die jemand sie zu essen zwang.

Noch während sie mit einer mageren, etwas rauhen und rötlichen Hand nach dem Lichtschalter tastet, um nachzusehen, wie spät es denn um Himmels willen auf ihrem Wecker ist, spürt sie den ekligen Geschmack im Mund.

Ihr kurzgeschnittenes blondes Haar klebt an der Stirn. Sie hat ein schmales, feines Gesicht, aber eine sonderbar kurze, schmale Stupsnase.

Ihr Körper in der etwas verwaschenen Schlafanzugjacke ist lang, knabenhaft schlank, die Augen sind braun. Sie ist eine außerordentlich gute Turnerin und trainiert immer noch, sobald sie einen Babysitter bekommen kann.

Sie hat einen dicken kleinen Jungen, der drei Jahre alt ist und den größten Teil seiner Zeit in einem Kindertagesheim verbringt, aber sie ist nicht verheiratet.

Das Kind, das Thomas heißt (so heißen sehr viele Kinder in diesen Jahren), hat noch Sand in den Augen und mag nicht aufwachen. Draußen ist es pechschwarz, und es hat aufgehört zu schneien.

Sie berührt mit der Hand ihre kleinen, straffen Brüste, die aus irgendeinem unerfindlichen Grund zu schmerzen begonnen haben, und tastet sich ins Badezimmer hinaus, wo vorwurfsvoll Haufen von schmutziger Wäsche auf dem Boden liegen, Spielsachen lebensgefährlich verstreut sind und die Handcreme »Handolén« und das Plastikfutteral für das Pessar, das lange nicht benutzt worden ist, wo endlich das kalte Wasser und zuinnerst die ganze Angst des Morgens ist: diese ganze abscheuliche Angespanntheit angesichts eines Tages, von dem man schon weiß, daß er nicht anders sein wird als all die übrigen.

Lars Herdin ist manchmal hier zu Besuch. Er redet viel. Er hat ihr auch diesen Band mit Jan Myrdals ›Schriftstellerei‹ gegeben, der auf dem Tisch liegt.

Der Junge – er ist nicht von Lars Herdin – hat rundliche, rötliche und zappelige Händchen, und es ist nicht leicht, sie durch die Ärmel des Jäckchens zu bekommen. Sie tut ihr Bestes, um nicht ungeduldig zu werden. Er ist ein liebes und geduldiges Kind, das seinen Teddybären zwischen dem Tagesheim und ihrer Zweizimmerwohnung herumschleppt, um alle Welten zusammenzuhalten, die es gibt.

In derselben morgendlichen Dunkelheit sitzt ein Junge namens Lars Carlsson im Schulbus und versucht, sein Bedürfnis nach einer Zigarette zu unterdrücken, denn im Bus darf nicht geraucht werden. Es ist recht still und ruhig, die meisten schlafen, und es versucht nicht einmal jemand, nach den Mädchen auf den hintersten Sitzen zu grapschen.

Lars Carlsson dreht und wendet Bells ›Geschichte der Mathematik‹ hin und her, um sie unter die kümmerliche Deckenbeleuchtung des Schulbusses zu bekommen.

Er hat scharfe, lebendige Wieselaugen mit einem viel zu kleinen Abstand dazwischen und Sommersprossen um die Nase, und von vorn gesehen hat er eine gewisse Ähnlichkeit mit einem kleinen Fuchs.

Alles, was um ihn herum ist, zum Beispiel diese morgendliche Dunkelheit und diese verdammte, spiegelglatte Straße, auf der der Bus schleudert und schlittert und abbremst, wenn ihm eine Holzfuhre entgegenkommt, kümmert ihn einen Dreck.

Er ist grade bei der Stelle angekommen, wo sich der junge Gauss in der Dorfschule, die er besucht, als Mathematikgenie entpuppt.

Das geht so zu:

Der Lehrer in dieser Schule, der nicht sonderlich begabt und auch nicht besonders energisch ist, möchte die Zeit herumbringen, ohne sich allzusehr anzustrengen.

Deshalb schreibt er eine arithmetische Reihe an die Tafel:

297 + 495 + 693 ...

bis zu hundert von diesen Gliedern, von denen jedes um 198 zunimmt, und die man alle zusammenzählen soll.

Nach ein paar Minuten wirft der junge Gauss seine Schiefertafel hin, und es steht eine einzige Zahl darauf.

Er ist auf den Dreh gekommen.

Jetzt kommt eine Geschwindigkeitsbegrenzung von fünfzig Stundenkilometern, und man kann schon die Fabrikschornsteine der Schmelzhütte in der ersten schwachen Dämmerung sehen, und es sind nur noch fünf Minuten, bis sie in den freigepflügten Hof der Zentralschule einbiegen und ihre Parkas in den nach Wollsachen riechenden Gängen aufhängen werden.

Der kleine Lars Carlsson weiß, daß er ein Genie ist, alles übrige kümmert ihn im Grunde einen Dreck.

Lars Herdin ist sein Lehrer, und er ist grade dabei, sich darüber klarzuwerden, daß er ein Genie in seiner Klasse hat.

Ein Vertreter für landwirtschaftliche Maschinen namens Putte Jonsson ist noch nicht weiter als bis Västerås gekommen. Denn dort steht der Schlafwagenzug aus Norrköping und wartet, während sein Wagen in die Richtung von Trummelsberg umrangiert wird. Seine langen roten Schnurrbartenden ringeln sich fast um seine Backen herum, als er den Kopf immer tiefer ins Kissen bohrt und sich gegen die unerwartete Stille zu wehren versucht, die jetzt entstanden ist, nachdem der Wagen aufgehört hat zu fahren.

Er träumt einen komplizierten, recht unangenehmen Traum, der etwas mit Hämorrhoiden zu tun hat. Auf der Höhe des Ramnäser Bahnhofs wird er mit einem Ruck aufwachen und begreifen, daß es nicht sein Dackel ist, der mit flinken kleinen Klauen über den Linoleumboden daheim in der Wohnung in Norrköping läuft, sondern irgendein Klappern von den Ventilen an der Decke.

Er hustet und wird wach, und seine Luftröhre ist ganz rostig von den allzu vielen Zigaretten gestern abend, als er im Speisewagen saß und ein paar ungewöhnlich nette Typen aus Växjö traf, mit denen er sich bis Mitternacht unterhalten hat.

Putte Jonsson liebt es, sich mit Leuten zu unterhalten: seine Telephonrechnungen sind viel zu hoch.

Das liegt daran, daß er eine Eigenschaft besitzt. Man könnte sie Güte nennen.

Auf der Höhe der Kirche von Väster Våla hat Putte Jonsson seinen blau und weiß getupften Schlips gebunden und sich das gekämmt, was von seinen rötlichen Haaren noch zu beiden Seiten der Glatze übrig ist. Er geht auf den Gang hinaus und lächelt die Putzfrau, die den Gang entlanggelaufen kommt, so warmherzig an, daß sie einen Augenblick lang eine plötzliche Wärme tief in ihrem Zwerchfell drinnen spürt und sich für einen kurzen Moment daran erinnert, wie dieser See zur Mittsommerzeit auszusehen pflegt. Er stellt sich ans Fenster und wärmt sein rheumatisches Knie an der Heizung.

Der See ist eine schneeweiße Fläche, die sich im Dämmerlicht zwischen schneebedeckten bleigrauen Inseln im Unendlichen verliert. Und weit weg auf einer Landzunge, es muß in einer Entfernung von über zehn Kilometern sein, blinkt für einen Augenblick ein Licht auf, als käme es von einer fernen Galaxis.

Es kommt von den starken Neonröhren an der Decke in Viktor Ebbelings riesigem Atelier. Es ist größer als das Haus, in dem er wohnt, beide Gebäude liegen ganz weit draußen auf einer Landzunge, mit einer Entfernung von über zehn Kilometern bis zum nächsten Hof.

Die Zufahrtswege sind erbärmlich, und zu dieser Jahreszeit fährt Ebbeling nicht selten mit seinem alten Volkswagen über das Eis nach Ängelsberg, wenn er einkaufen will.

Außer dem Installateur aus Norberg oder dem Elektriker aus Fagersta kommt hier nur selten jemand vorbei. Es ist still im Haus, seit seine Frau gestorben ist.

Das Atelier ist seit sechs Uhr früh erleuchtet, die Neonröhren knistern unter der Kiefernholzdecke mit ihrem Sternenhimmel aus Astknorren. Ebbeling ist in einem Alter, in dem man morgens nicht mehr müde ist.

Er sitzt mit einer Decke über den Knien da, den Heizofen so nah daneben, daß es ein Wunder ist, daß die Decke nicht jeden Moment Feuer fängt.

Die Farben hat er neben sich auf einem Marmortisch zurechtgestellt, und vor ihm breitet sich die graugrüne Imprimitur für das aus, was zum ›Interieur 1969‹ werden soll. Diese Untermalung duftet nach Dammarfirnis und Temperafarben, eine geheimnisvolle Anti-Landschaft aus Farben, auf die im fertigen Gemälde das Licht aufprallen wird, um mit erneuter Kraft die oberen Farbschichten zu beleuchten. Es sind solche geharzten Imprimituren oder Untermalungen, auf denen die Leuchtkraft eines Canaletto, eines Chardin beruht.

Jetzt taucht er den breiten Biberhaarpinsel in einen seiner Näpfe, und unsäglich dünn, schummernd, in einem Netzwerk von tausend Tropfen läßt er die feine Lasur mit ihren schimmernden mikroskopischen Farbkörnchen über eine drei Quadratzentimeter große Fläche im Zentrum der Leinwand hinströmen.

Für ihn hat die Dunkelheit vor den Fenstern keine selbständige Existenz.

Das Mädchen. Sechzehn oder siebzehn Jahre alt, eher klein als groß, etwas rundlich, mit weichem Gesicht, ziemlich entschlossenem Kinn. Weiches rotbraunes Haar, das bis weit über die Schultern fällt, recht freundliche braune Augen, breite Hüften, ein kurzer Wollrock. Wenn sie sich auf einem Sofa zusammenkauert, um Platten zu hören, fällt das lange Haar, nein, legt sich das etwas rötliche Haar über ihre Hüfte. Die ziemlich großen, weichen Brüste führen beinahe ein Eigenleben unter dem weichen, wollenen Pullover. Sie trägt keinen Büstenhalter.

Sie besitzt eine Eigenschaft. Sie riecht gut. Wenn ihr in diesem Moment an ihrem Haar riechen könntet, würdet ihr spüren, daß es einen schwachen, aber deutlichen Duft nach Moschus hat.

Sie wohnt in einem Mietshaus am Stadtrand zusammen mit ihrem Vater und ihrer Mutter und ihren beiden Brüdern, die grade dabei sind, im Keller ein Boot zu bauen. Weiß der Himmel, wie sie es durch die Kellertür herausbekommen wollen.

Sie hört den Zug kommen, dreht sich aber um und schläft wieder ein; sie hat Schnupfen und Fieber und hat nicht vor, irgendwo hinzugehen.

Im Fieber verwandelt sie das Geräusch des Zuges in irgendeine Katastrophe, einen fernen Vulkanausbruch, einen Wasserfall, einen Schiffbruch, irgend etwas Großes und Gewaltsames, das sich weit entfernt abspielt und sie nicht betrifft.

In dem Augenblick, als Lars Herdin in den Schulhof einbiegt, sie sind immer noch dabei, den benachbarten Park nach dem großen Herbststurm in Ordnung zu bringen, in den Baumwipfeln hängen halb abgebrochene Zweige, fällt ihm ein, daß er die Hälfte der korrigierten Klassenarbeiten zu Hause vergessen hat.

Tod und Teufel! Abgrund der Hölle! Gibt es etwas Schlimmeres, als ausgerechnet vor sich selbst dumm dazustehen!

In der Vorhalle mit den kunstvoll gerippten Betonwänden ist es schon schwarz vor Schülern, die da herumstehen und sich aufwärmen. Da er sie ernst nimmt, ist er ein ziemlich beliebter Lehrer. Sie nicken und erwidern seinen Gruß, als er vorbeigeht und ihnen zunickt. An der Tür zum Lehrerzimmer begegnet er zwei Polizisten, die grade herauskommen, und da er sein ganzes Leben lang zu den Menschen gehört hat, die niemals einen Zoll passieren können, ohne sich wie Schmuggler zu fühlen, niemals einem Polizisten begegnen können, ohne sich wie steckbrieflich gesuchte Bankräuber zu fühlen, erstarrt er augenblicklich, und ihm wird eiskalt.

Einen Augenblick lang ist er vollkommen davon überzeugt, daß er es ist, den sie holen gekommen sind. Vielleicht hat er die Schulkasse veruntreut oder eine seiner Schülerinnen vergewaltigt oder dem Direktor eins in die Fresse gehauen oder alle seine Dienstzeugnisse und alle Eintragungen in den Klassenbüchern gefälscht.

Wenn jemand etwas Derartiges behaupten würde, wäre es seine erste Reaktion, sich zu fragen, ob es nicht stimmte.

Aber auch diesmal haben sie es nicht auf ihn abgesehen.

Drinnen steht der Direktor, Dr. Måns Wedelin, der sie zur Tür begleitet hat.

Er ist der Typ eines modernen Direktors. Er schreibt reaktionäre Buchbesprechungen im Trummelsberger Lokalblatt und fährt mit einer harten viereckigen Aktentasche zu Medienkonferenzen und Studientagen und stümpert abscheuliche audiovisuelle Lehrpläne zusammen, die nicht dazu da sind, irgend jemandem auch nur das geringste beizubringen, sondern lediglich ihrem Urheber ermöglichen sollen, sich einen Mercedes Sportwagen zu halten.

Lars, der gottlob nicht das geringste mit dem Schwedischunterricht zu tun hat und der FNL-Gruppe seiner Schule ganz unverhohlen samstags auf dem Marktplatz vor dem Tempokaufhaus zehn Kronen zu spenden pflegt, und zwar so, daß alle es sehen können, und der unbestritten hier der maßgebliche Mathematiklehrer ist, schätzt sich glücklich, daß er nichts mit ihm zu tun zu haben braucht. Im Kollegium macht er ohnehin fast nie den Mund auf. Daß die Schule um der Schüler willen da sei, daran hat er sowieso nie geglaubt.

Sie ist dazu da, um die Zahl der Arbeitslosen niedrig zu halten und um die Jugend so lange unterzubringen, daß das Arbeitsamt dieses Landes eine annehmbare Statistik vorweisen kann.

In einer richtigen Schule würde man natürlich Studien treiben, fünfzig Bände pro Schuljahr durchgehen, und die Schüler würden von Stunde zu Stunde Fragen stellen, immer raffiniertere Fragen.

Daß eine Schule keine richtige Schule ist, sieht man schon, wenn man zur Tür des Klassenzimmers hereinkommt: alles ist darauf ausgerichtet, daß der Lehrer Fragen stellt, und nicht die Schüler.

Lars Herdin ist kein Lehrer. Er wäre gern einer, aber er ist es nicht.

Er ist ein gut bezahlter Aufseher in einem halbwegs arktischen Internierungsinstitut für unproduktive Arbeitskräfte in den untersten Altersstufen. Er weiß das. Er kann nicht viel dagegen tun.

– Ja, es sieht so aus, als wären wieder Mopeds verschwunden. Ich muß mir ein paar Jungens vornehmen und sie verhören.

– Aus meiner Klasse auch?

– Ach weißt du, das kann ich noch nicht so genau sagen.

Der Direktor kennt keinen einzigen Schüler, keinen einzigen Namen. Letztes Jahr war da eine Geschichte mit einer Maschinenpistole, einer richtigen, gestohlenen Maschinenpistole aus einem Waffendepot des Militärs. Sie machte in drei verschiedenen Klassen der Oberstufe die Runde und wurde zu immer atemberaubenderen Preisen weiterverkauft, bis sich schließlich jemand dazu hinreißen ließ, mit ihr herumzufuchteln, als er auf einen etwas doofen Turnlehrer namens Ekberg wütend wurde, der sich einbildete, er könnte die obersten Klassen schikanieren.

Ekberg bekam einen kleineren Schock und mußte ein paar Wochen lang im Bett bleiben und Valium schlucken, und ein Polizeiverhör folgte dem anderen. Dieser Idiot glaubte, sie hätten ihn erschießen wollen!

Aber für einen gepiesackten und machtlosen Sechzehnjährigen

besteht das Vergnügen am Besitz einer richtigen MP Modell 45 und einiger Schachteln Patronen natürlich nicht darin, damit herumzuschießen, sondern einfach darin, daß sie da ist, in einer Schachtel unter dem Bett, daß man sich ausmalen kann, was man damit anstellen könnte.

Wenn man keine Rücksicht darauf nimmt, daß die Menschen ein Seelenleben haben, dann werden sie unbegreiflich.

Hades! Im Hades stinkt es nach nasser Wolle! Durch den Gang – und nur die Hälfte dieser verdammten Klassenarbeitshefte dabei – die Treppe hinauf, in den nächsten Gang hinein, und fast überall nasse, feuchte Wollsachen. Zur Tür hinein.

Als Lars Herdin ein Junge war und ein altes vornehmes sadistisches staatliches Gymnasium besuchte, erhoben sich noch alle Schüler und standen stramm, wenn der Lehrer hereinkam.

In Trummelsberg ist man demokratisch und sagt nur grüß Gott.

– Grüß euch. Auf Probleme konzentrieren könnt ihr euch immer noch nicht, aber ein paar von euch fangen an, so ungefähr zu kapieren, worum es bei der ganzen Sache geht. Lars hat natürlich wie üblich alles richtig gemacht, aber darauf braucht er sich nicht allzu viel einzubilden, denn er kann schließlich nichts dafür, daß er begabt ist.

Gelächter, wie üblich.

Danach kommt Clara mit fünf Richtigen. Das ist gut. Daran kann man sehen, daß sie seit dem letztenmal fleißig gearbeitet hat.

Sie strahlt, dieses kleine dralle rotbäckige Kind, und sieht so zufrieden aus, daß es mich fast bis zum Wahnsinn reizt.

O Gott, wie langweilig sie die Aufgaben löst, was für eine blöde kindliche Handschrift sie hat, was für Pickel auf der Stirn. Und durch welche Berge von Multiplikationen sich das arme Kind bei jeder Klassenarbeit hindurchquält, nur, weil sie sich nicht auf die Logarithmentafel zu verlassen wagt.

Es stinkt förmlich nach Mutti um sie herum!

Und so teile ich weiter Mathematikhefte aus, bis mir plötzlich einfällt, daß ich nur die Hälfte dabeihabe. Großer Auftritt, sehr dankbar, die Klasse lacht, bis sie fast unter die Bänke kullert, als ich die Aktenmappe zum dritten Mal um und um kehre und sie schüttele.

Aha, sage ich, das war es also, was neulich in das Paket an meinen Bruder in Neuseeland hineingeraten ist. (Natürlich habe ich keinen Bruder in Neuseeland.) Dann wollen wir mal die Weltkarte aufrollen, könnte der Klassensprecher das bitte tun, und jetzt kann uns jemand zeigen, wie weit eure Hefte schon gekommen sind. Nehmen wir an, daß sie mit dem Postzug nach Genua gehen. Der Postzug hat eine durchschnittliche Geschwindigkeit von siebzig Stundenkilometern. Für die Zollkontrolle und das Umladen am Kai von Genua rechnen wir sechzehn Stunden.

Die M/S Singapore, die eure Hefte irgendwo in der Tiefe ihres Containerladeraums befördert, ist ein Schiff moderner Bauart, ausgestattet mit zwei Dieselmotoren von Whatts, die im Durchschnitt eine Geschwindigkeit von zweiundzwanzig Knoten machen. Das Schiff fährt nach Wellington. Mein Bruder wohnt in Bluff.

Jetzt macht euch mal dran und rechnet das aus, die Entfernungen habt ihr auf der Karte!

Ich spiele recht viel Theater mit der Klasse. Da sie selbst keine besondere Begabung fürs Theaterspielen haben, mögen sie es gern. Sie langweilen sich nie so richtig.

Ich bin eigentlich so etwas wie ein Verführer. Ich erinnere mich, daß ich dieses Gefühl schon im Café Alma in Uppsala gehabt habe, in den fünfziger Jahren, als man dort noch richtigen Kaffee bekam und wir an den Nachmittagen dort zu sitzen und uns zu unterhalten pflegten, viel zu lange eigentlich, denn statt dessen hätten wir in der Universitätsbibliothek Carolina sitzen sollen. Ich habe ja gottlob trotzdem meinen Doktor gemacht, das hat also keine so große Rolle gespielt, und eigentlich hätte ich viel öfter mit viel mehr Leuten reden sollen.

Jedenfalls: was für ein Gefühl es war, wenn alle plötzlich ganz still wurden und nur mir zuhörten, weil das, was ich sagte, so bizarr oder so überraschend war, daß sie ganz einfach nicht anders konnten als zuhören, nur zuhören ...

Probleme mit der Disziplin und alles, was darüber geredet wird, junge Aushilfslehrer, die zusammenbrechen und einen hysterischen Schluckauf bekommen oder zusammenbrechen und in eine Klinik gebracht werden müssen, sind mir unbegreiflich. Es ist doch keine Kunst, Ordnung in eine Klasse zu bringen. Man bezaubert sie ganz einfach. Man macht in jeder Stunde etwas Überraschendes, etwas wirklich Überraschendes.

Der einzige, der nicht zu bezaubern ist, ist dieser kleine wieselhafte Carlsson. Er sitzt da, mit einem ungewöhnlich kleinen Abstand zwischen den Augen und der unangenehmen Angewohnheit übrigens, überhaupt nie jemandem in die Augen zu sehen und niemals spontan ein vernünftiges Wort zu sagen, sondern erst, wenn er gefragt wird.

Das ist mein Mathematikgenie. Wenn er rechtzeitig Unterstützung erhält, von seinem sozialen Milieu loskommt und von diesen widerlichen Lehrplänen, kann er ohne Schwierigkeiten Professor der Mathematik werden und sich in ein paar Jahren an eine amerikanische Universität holen lassen. Und wenn er einen wirklich guten Charakter besitzt – weiß der Teufel, ob er den besitzt –, wäre es sogar möglich, daß er die Mathematik ein Stück vorantreiben und etwas Erfreulicheres zustande bringen könnte, als nur die übliche alte Leier, eine neue Axiomatisierung zusammenzubasteln.

Wenn mit mir etwas los wäre, würde ich mich um ihn kümmern, ihm helfen, ihm die richtigen Bücher in die Hand drücken, ihm etwas Privatunterricht geben. Das würde ihm zumindest einen Start ermöglichen. Und sein Selbstvertrauen stärken, denn was er jetzt hat, ist kein Selbstvertrauen, es ist nur so eine Art Trotz. Er hält seinen kleinen genialen Funken so krampfhaft umklammert, daß es einen wundernimmt, daß er nicht immerzu zittert.

Alles an ihm provoziert bei mir eine Art Väterlichkeit, falls man nun bei einem Menschen wie mir überhaupt von Väterlichkeit sprechen kann, eine protestierende, eine widerwillige Väterlichkeit, aber dennoch eine Väterlichkeit. Und diese Väterlichkeit besteht zur Hälfte darin, daß ich keineswegs sicher bin, ob ich sehen möchte, wie ein junges Genie aus ihm wird, ein Dozent im Blazer, mit überheblichem kaltem Blick und elastischen Schritten unterwegs zum Seminar im Institut für Quantenchemie neben dem Kino Fyris in Uppsala, wo ausländische Forscher bewundernd und neidisch mit den hektographierten Papieren rascheln. Ich bin keineswegs sicher, daß er sich am MIT oder in Cornell wohlfühlen würde, mit einer amerikanischen Frau, zwei Autos in der Garage und Whisky in einem Faculty Club mit Eichentäfelung, kurzum, ich weiß nicht, ob es mit meiner Väterlichkeit zu vereinbaren ist, wenn ich ihm helfe.

Was zum Teufel soll denn sonst aus ihm werden? So etwas wie ich?

Verdammt noch mal! Wenn wir doch nur im neunzehnten

Jahrhundert in Preußen gelebt hätten! Ich hätte an den Kurfürsten geschrieben und ihm ein Stipendium verschafft, und die Sache wäre gelaufen! Und ich wäre in die Geschichte eingegangen als derjenige, der einem großen Mathematiker ein Stück auf den Weg geholfen hat, bis er soweit war, daß er auf eigenen Füßen stehen konnte, und er wäre ein hochverehrter und geliebter Onkel in Göttingen oder Leipzig oder Berlin geworden, mit langem Bart und ehrfurchtsvollen Schülern mit sorgfältig gespitzten Bleistiften und Schmissen im Gesicht.

Aber Herrgott noch mal, ein Mathematikgenie im Jahre 1969!

Wieder und wieder sage ich mir, daß ich versuchen muß, mich zusammenzunehmen. Aber es ist nicht nur das. Ich habe auch ein bißchen Angst vor ihm, er ist etwas zu kühl, etwas zu ... Ich weiß nicht. Ich weiß nicht das geringste bißchen.

Er wohnt etwa zehn Kilometer weit von hier. Sein Vater hat irgendeine unbeschreibliche Autowerkstatt in Scheunen und Schuppen rings um etwas herum, was einmal ein ganz gewöhnlicher Bauernhof gewesen sein muß. Es ist einer der Plätze, wo der ganze Abhang vor dem Stall schließlich vollgestellt ist mit halbwegs oder total ausgeschlachteten alten Autowracks und wo Leute zusammenkommen, weiß der Teufel was für welche, während eine billige Schweißung an irgendeinem PV Jahrgang 1961 gemacht wird. Es ist immer ganz voll von Leuten dort; Verwandte, Bekannte, kleine Gören in kurzen Lederjacken, die auf dem Rücksitz von irgend jemandes MC hergekommen sind, und eine Zigarette macht die Runde.

Wenn ich hinführe, würden sie glauben, es handle sich um eine Art Polizeiaktion der Schule, und wenn ich mit ihnen ins Gespräch käme, bestünde nicht die geringste Chance, daß mir etwas einfiele, worüber ich reden könnte.

Irgendwann im letzten Frühling, im Frühjahr 1969 also, als es von den Dächern tropfte und ich in dieser ausgelassenen Stimmung war, die für mich immer etwas gefährlich ist, weil ich dann eine Spur zu vertraulich werde, sagte ich etwas zum Direktor, Dr. Måns Wedelin.

– Na, das ist aber schön, sagte er. Das ist ja sehr erfreulich, daß du dieses Jahr so gute Schüler bekommen hast. Die vorige Klasse war wohl nicht so gut, wie?

Er nahm die Gelegenheit wahr, dieser Scheißkerl, mir zu sagen, ich würde zu hohe Anforderungen stellen.

Es ist ja auch verdammt blöd von mir, zu erwarten, daß

dieser beschissene kleine Karriereschinder mit Sitz im Gemeinderat und willfährigen Lehrplänen kapieren sollte, was intellektuelle Disziplin ist, was Mathematik ist, was es mit einer wirklichen mathematischen Begabung auf sich hat.

In letzter Zeit ist es immer schwieriger geworden, mit ihm, ich meine natürlich den Jungen, den kleinen Carlsson, zurechtzukommen.

Nach der Stunde nahm ich ihn beiseite, gerade als er in den Gang hinausschlüpfen wollte, es war ungefähr so, wie wenn man einen Fisch zu fangen versucht, und sagte:

– Es geht doch ganz gut, wie? Arbeitest du jetzt viel zu Hause?

Er sah mit seinen blauen Plattfischaugen zu mir auf, machte einen Ansatz, sich in seinen Pulloverärmel zu schneuzen, besann sich aber eines Besseren, da meine Anwesenheit dies zu einer offiziellen Angelegenheit machte. Ich glaube nicht, daß er überhaupt daran gewöhnt ist, daß sich irgend jemand für ihn interessiert. Er faßt das als eine Art von Aggressivität auf.

Er hat große, drollig abstehende Ohren und massenhaft Sommersprossen um die Nase und ist tatsächlich rothaarig.

Es wurde mir bewußt, daß ich ihn noch nie so nahe vor mir gehabt hatte.

Die Zähne sind weiß, klein und spitz. Er hat etwas von einem Wiesel an sich, genauso, wie er noch vor fünf Minuten etwas von einem Plattfisch hatte, und jetzt kam wieder das Wiesel durch, obwohl es grade eben noch der Plattfisch gewesen war.

– Ja, ich tu schon was.

Ich konnte nicht umhin zu erröten; das Ganze lief gar nicht gut, ich verfiel in eine Art von Lehrerrolle, die es nur in den Biographien großer Mathematiker gibt.

– Was machst du so zu Hause?

– Ich helfe meinem Vater.

– Bei was denn?

– Autos. Mein Vater repariert ziemlich viele Autos. Ich helfe ihm beim Abschmieren und solchen Sachen. Und dann habe ich mir eine alte MC vorgenommen, einen Zweitakter. Ich bohre die Zylinder auf.

– Wie kommst du mit dem Ausmessen klar?

– Das ist keine Kunst. Mein Vater hat die Meßgeräte.

– Gibst du dich auch mit Mopeds ab?

Er sah zu mir auf. Nachdem er eine ganze Zeit lang Plattfisch gewesen war, wurde er plötzlich wieder zum Wiesel, wieselhafter als je zuvor.

– Meistens sind sie schon im Eimer, wenn sie damit ankommen, so abgeklappert, daß man nicht mehr viel dran machen kann. Manchmal kommt irgendein Typ und will den Zylinder von seinem Moped aufgebohrt kriegen, damit es schneller fährt.

Und er fügte hinzu, mit einer so außergewöhnlichen Frechheit, daß es mir fast die Sprache verschlug:

– Klar. Sehn'se, so ist das.

Sobald er eine Gelegenheit sah, flitzte er ab, die Treppe hinunter. Herrgott, was verlangt denn diese Rolle von mir? Soll ich ihm dazu verhelfen, daß er eine Eins in Algebra bekommt?

Ich spürte, daß mir einige Schwierigkeiten bevorstanden und daß sie ebenso mich selbst betrafen wie ihn.

Warum zum Teufel wird unentwegt von mir verlangt, daß ich mich ändern soll?

Warum geschieht nie etwas, das mich verändert?

Später am Tag hellte es sich auf. Es hörte auf zu schneien. Eine gelbe und zaghafte Sonne kam hervor.

Ich hatte recht. Mir standen einige Schwierigkeiten bevor.

Ich möchte nun von meinem Onkel Knutte erzählen

Wenn die Verwandtschaft diese Papiere zu sehen bekäme, würde es eine unheimliche Aufregung geben, und falls ich irgendwann einmal wieder zu sterben versuche, werde ich sie natürlich nicht vernichten. Dazu bin ich viel zu hochmütig. Und eine unheimliche Aufregung wird es geben. Darauf pfeife ich. Ich habe schon zuviel erzählt.

Ich werde bald weitererzählen von dem, was im Herbst 1969 geschah, nach jenem großen Herbststurm also, der die Dächer von den Einfamilienhäusern der Angestellten riß, nachdem ich dem kleinen Carlsson meinen Arm um die Schultern gelegt und ihn in meine schulmeisterliche Väterlichkeit, meine väterliche Schulmeisterlichkeit einzuschließen versucht hatte, um ihn auf seine geniale Laufbahn zu führen.

Ich werde weitererzählen, das verspreche ich!

Aber im Augenblick habe ich keine Lust dazu. Im Augenblick habe ich Lust bekommen, von Onkel Knutte zu erzählen.

Verdammte Wolle, Wolle, die wärmt und schützt, Wolle, die isoliert! Wieder zurück! Und eingesperrt in den Ausgangspunkt!

Da ist es doch nicht so furchtbar erstaunlich, daß ich sterben wollte. Übrigens ist es mit der Hand kaum besser geworden, sie ist blau und geschwollen, und ich lebe von Schmerztabletten. Ich habe es abgelehnt, mich wieder krank schreiben zu lassen, und der Klassensprecher muß nach meinem Diktat an die Tafel schreiben.

Als kleiner Junge, es war in den dreißiger oder vierziger Jahren, habe ich einmal in dieser Gegend hier gewohnt. Vielleicht ist es das, was mich veranlaßt hat, mich um die Stelle in Trummelsberg zu bewerben.

Es war ein paar Dutzend Kilometer weiter südlich, in Ramnäs am See Norra Nadden. Ich war natürlich nie den Winter über dort, für mich ist das Gebiet von Bergslagen in Västmanland zu jener Zeit ein Sommerparadies gewesen – ja, es war wirklich ein Paradies.

Ich erinnere mich daran, daß es dort einen Strand mit schönen runden kleinen Steinen gab, nicht diese gräßlichen glitschigen Brocken, wie sie alle Ufer des Åmänningen säumen, sondern schöne runde kleine Steine, die einem durch die Hände glitten.

Meine Familie war eigentlich ganz lustig, glaube ich. Wenn mein Vater mit dem Stock hinter mir herjagte, pflegte ich immer zum Gartentor hinaus auf die Straße zu rennen und sie ein Stück weit entlangzulaufen.

Wo ist all der weiße Staub hin, den es zu jener Zeit gab? Ich weiß noch, wie er um die Füße stob. Und diese kleinen Jungens vom Hüttenwerk, die heraufkamen, um mit meinem Luftgewehr zu spielen: sie hatten ja ihre Schirmmützen fast bis über die Augen heruntergezogen und waren mit so vielen sonderbaren Sachen beschäftigt, von denen ich überhaupt nichts verstand.

Im Sommer 1943 oder 1944 kommt jedenfalls mein Onkel Knutte zu Besuch.

Das war aufregend. Wir wurden Freunde von Anfang an. Onkel Knutte – er ist übrigens erst in den späten fünfziger Jahren gestorben – war Alkoholiker, und in der Familie wurde ziemlich viel gemunkelt und getuschelt, bevor er kam.

Er war bei einer Wäschereifirma in Stockholm angestellt, und jetzt war also vorgesehen, daß er für drei oder vier Wochen zu uns kommen sollte, weil man der Ansicht war, er müsse für eine Weile wegkommen von der Großstadt mit ihren Kneipenketten und Katzenragouts und den mit Holzgas betriebenen Omnibussen und ihrem Tauschhandel mit den Rationierungsheften für Spirituosen.

Ich hatte keine Ahnung, wie Onkel Knutte aussehen mochte oder was das für ein Typ war, und es wurde recht lustig, als wir am Bus waren, um ihn abzuholen. Der Dreiuhrbus aus Västerås bog immer am Bahnhof unten in einem feierlichen Bogen ein, und heraus kamen all die Mütterchen mit großen Markttaschen und die Kleinbauern, die Branntwein und neue Sägeblätter und Spielzeug für die Kinder eingekauft hatten. Es war eine richtig gemütliche Omnibuslinie, wo alle einander kannten und die Fahrer mit der ganzen Gegend auf du und du waren. Mein Vater versuchte immer schwarzzufahren. Entweder tat er so, als hätten wir den Fahrschein schon abgegeben, als wir einstiegen, wenn wir ausstiegen, oder aber, wenn wir einstiegen, als wollten wir ihn abgeben, wenn wir ausstiegen, und da die Fahrer halb benebelt waren von all dem Holzgas, das sie einatmeten, und im übrigen keinen besonderen Grund dazu hatten, sich als Polizisten zu fühlen, gab es zwar einiges Hin- und Hergerede in den ersten Jahren, die wir das Sommerhäuschen hatten, aber dann ging es wirklich ganz hervorragend, und ich glaube kaum, daß wir während des ganzen Zweiten Weltkriegs auch nur einen einzigen Busfahrschein bezahlt haben.

Also: Der Bus bog vor dem gelben Bahnhofsgebäude ein, gelb auch er und vor Holzgas schnaubend, daß der Kies nur so aufspritzte, und heraus strömten alle Samstagspassagiere aus der fernen Stadt, und wir standen da und warteten. Aber kein Onkel Knutte. Wir hatten die Hoffnung fast aufgegeben, als der Fahrer sagte, er hätte tatsächlich noch jemanden dabei. Aber der war so leicht nicht von der Stelle zu bringen. Er schlief ziemlich fest ganz hinten im Bus.

Papa und der Fahrer trugen ihn jedenfalls schließlich heraus und seinen schicken großen Reisekoffer aus brauner Pappe dazu. Er schlief und schnarchte wie ein Flußpferd, an der netten braunen Glatze klebten verschwitzte dünne braune Haarsträhnen, und die Backen waren von jener Art, die aussehen wie Säcke. Man kann sie schütteln, wenn man den Kopf schüttelt.

Ich weiß nicht mehr genau, wie wir ihn heim ins Sommerhäuschen bekamen. Gab es damals Taxis in Ramnäs, in der Zeit von 1942–43? Vielleicht gab es welche!

Ich war, glaube ich, der einzige, dem das nicht besonders peinlich war. Es gab einige Kommentare in moralisierender Richtung, als wir mit ihm zu Hause bei Mama ankamen, aber er wurde jedenfalls im Gästezimmer untergebracht.

Schon am nächsten Morgen war er munter wie ein Zeisig, eine strahlende Sonne schien von einem wolkenlosen Himmel herab, und kaum war ich aufgewacht, da sah ich den Onkel schon wie einen Delphin im Nadden schwimmen.

Er war ein magerer, glatzköpfiger Mann mit lieben braunen Augen und – wie ich schon sagte – schlottrigen Hängebacken.

Er trug ziemlich viel zur Belebung dieses Sommers bei. Es dauerte eine Weile, bis ich dahinterkam, daß er ein paar Halbliterflaschen in einem geheimen Versteck im Holzschuppen hatte. Da es im Schuppen nicht einen Kubikzentimeter gab, den ich nicht genau kannte, fand ich sie ziemlich rasch. Mein erster Impuls war, zu Mama zu gehen und zu petzen, aber nach einigem Nachdenken versteckte ich sie wieder, diesmal in meinen eigenen Verstecken.

Er, der Onkel, sagte nichts, aber er wirkte etwas unruhig an diesem Nachmittag. Er bekundete ein sonderbares Interesse fürs Holzhacken, was mein Vater für ein recht gutes Zeichen hielt. Es war offensichtlich, daß ihm die Landluft gar nicht so schlecht bekam.

Damals war es nicht gerade leicht, an Holz zu kommen. Mein Vater und ich pflegten zu abgelegenen bewaldeten Stränden zu rudern und das Strandholz aufzulesen, das irgendein Sturm heraufgeschleudert hatte. Ja, um bei der Wahrheit zu bleiben, es konnte wohl vorkommen, daß wir ein bißchen weiter landeinwärts gingen, wenn das Strandholz nicht reichte, und ein paar Wipfel und andere Kleinigkeiten mitnahmen, um die sich ohnehin kaum jemand scherte.

Das Hüttenwerk von Ramnäs, das eine selbst für ein Bergbauunternehmen ungewöhnlich brutale feudalistische Beziehung zu seinem riesigen Grundbesitz hat, hatte zumindest damals den Einheimischen eine Heidenangst davor beigebracht, ihre heiligen Kiesgruben, heiligen Holzabfälle und heiligen Gott weiß was noch anzurühren. Sogar mein Vater pflegte bei diesen Expeditionen etwas ängstlich zu sein, und er sah sich in der Regel vorsichtig nach erzürnten Förstern um, wenn er in der Dämmerung mit seiner Holzlast heimruderte.

Natürlich mußte Onkel Knutte schon am Nachmittag des nächsten Tages zu einer solchen Expedition antreten. Wir wurden auf die übliche Weise mit Äxten und Sägen und anderem Kram ausgerüstet und machten uns auf zu einem ziemlich abgelegenen und waldigen Strand, wo es für gewöhnlich massenhaft Reisig und solches Zeug gab.

Es mußte jemand vor uns dagewesen sein, denn diesmal gab es kaum Grund zum Jubeln. Onkel Knutte zog und zerrte an ein paar Tannenästen herum, bis mein Vater ihn darauf hinwies, daß es tatsächlich kaum der Mühe wert sei, sie ins Boot zu laden.

– So, meinst du, sagte er.

Es war um sieben oder acht Uhr herum an einem von diesen außergewöhnlich schönen västmanländischen Sommerabenden im Jahre 1942 oder möglicherweise 1943. An solchen Sommerabenden, wenn völlige Windstille herrscht, hört man in dieser Gegend jeden Laut kilometerweit in allen Richtungen. Man hört einen Bootsmotor und ein paar Stimmen, die ihn zu übertönen versuchen, und es dauert eine ganze Weile, bis einem klar wird, daß dieses Boot auf einem anderen See in der gleichen Seenkette unterwegs ist. »Es hallt«, pflegt man auf Västmanländisch zu sagen, oder: es ist »hallig« heute abend. Man hört die Kühe an irgendeinem weit entfernten Ufer muhen, ein paar lachende Mädchen gehen in einer anderen Gemeinde den Weg entlang, und man hört ihr Lachen so deutlich, als wären sie nur ein paar Meter weit von einem entfernt.

In einer solchen Stille hört man das Geräusch unserer behutsamen Sägen und Äxte; ich selbst war wohl noch so klein, ungefähr zehn Jahre alt, daß ich den andern wahrscheinlich meist im Wege gestanden haben muß.

In dieser Stille ist plötzlich ein ungeheures Krachen zu hören, und wir sehen einen riesigen Kiefernwipfel schwanken und fallen.

Das ist Onkel Knutte, der die Geduld verloren hat.

Wir brauchten ein paar Abende, um die Kiefer vorsichtig nach Hause zu verfrachten. Ihr Holz reichte für drei Sommer.

Wo die Flaschen lagen, bekam er nach und nach zu wissen. Natürlich verlangte ich einige kleine Gegenleistungen in Form von Gummibärchen – zu der Zeit war ich ganz verrückt auf Gummibärchen –, aber das beeinträchtigte unsere Freundschaft überhaupt nicht.

Allmählich gingen die Flaschen natürlich trotzdem zu Ende. Er trank so diskret und brachte es fertig, zwischendurch so viele Pfefferminzplätzchen zu futtern, daß kein Mensch dahinterkam, daß es nicht die frische Landluft war, die ihn bei Laune hielt, sondern etwas völlig anderes.

Er unternahm kleine Spaziergänge und machte sich mit den Leuten in der Umgebung bekannt. Mein Vater und meine Mutter hatten nach acht Jahren so etwa drei Bekannte, denen sie auf der Landstraße Guten Tag zu sagen pflegten. Papa und Mama haben sich nämlich nie sonderlich für andere Leute interessiert, am allerwenigsten dann, wenn sie in der gleichen Gegend wohnen wie man selbst. Sie könnten »aufdringlich« werden, pflegt meine Mutter zu sagen.

Onkel Knutte brachte es innerhalb von einer Woche so etwa auf vierzig Bekannte. Waldarbeiter, Häusler, bei denen er vorbeischaute, wenn er zum Beerenpflücken im Wald unterwegs war, eine Dame, die mit ihrem Fahrrad eine Panne hatte – eine alte Dame, wohlgemerkt, Onkel Knutte war keine Don-Juan-Natur –, ein paar Schulkinder, die Bonbons bekamen, ich meine natürlich die Kinder aus dem benachbarten Ferienlager, und sie alle lud er großzügig zu uns nach Hause ein. Das brachte meine Mutter ein wenig aus der Fassung; der einzige Mensch, der uns zu besuchen pflegte, war ein alter Maurer, der Ramsberg hieß, nach dem Kirchspiel Ramsberg, in dem er geboren war. Er pflegte mit mir und Papa zusammen die Grundangel auszulegen und dann ganze Nachmittage lang Schafkopf zu spielen.

Ich habe gesagt, daß meine Mutter aus der Fassung geriet. Das heißt möglicherweise, sie als ungeselliger hinzustellen, als sie es tatsächlich ist. Es stimmt, daß sie etwas fassungslos war, aber es schmeichelte ihr auch.

Sie war ganz einfach nie auf den Gedanken gekommen, glaube ich, daß eine solche Menge von Leuten Lust haben könnte, bei uns hereinzuschauen.

Kurzum, es herrschte Jubel und Trubel bei uns, seit Onkel Knutte gekommen war. Aber nach ungefähr zehn Tagen veränderte er sich auffallend. Die Flaschen waren zu Ende. Es begann eine von diesen Gewitterperioden mit heftigen Regenfällen, wie sie Anfang Juli in Bergslagen vorkommen können, und das machte ihn noch nervöser. Bei den Mahlzeiten fing er an zu schwitzen – ich weiß das noch genau, weil ich mich daran erinnere, wie er sich mit einem weißen Taschentuch mit blauen Streifen über die Glatze fuhr und mit großen braunen Augen unruhig umhersah. Im Zimmer schwirrte es von Fliegen, unruhigen Gewitterfliegen.

Kurz und gut, es begann deutlich zu werden, daß er sich in einer Krisensituation befand. Er machte lange Spaziergänge im Regen und traf sich mit niemandem mehr. Er spielte Schafkopf mit dem alten Ramsberg, aber lustlos, so lustlos, daß er immerzu verlor. Und der Alte blickte auf und sah ihn über den Rand seiner Nickelbrille hinweg richtig erstaunt an.

Am Abend fragte er mich:

– Hör mal, Lars, du weißt wohl nicht, wo die Fahrradtaschen und die Luftpumpe zu diesem Rad hier sind?

Und nun ereignet sich eine Geschichte, die die Familie Herdin für lange Zeit in der ganzen Umgebung bekannt machen wird.

In aller Stille, und ohne von irgend jemand dazu ermuntert worden zu sein, hat Onkel Knutte beschlossen, mit dem Rad die sechzig Kilometer zu dem Spirituosenladen in Västerås zu fahren, auf einem Damenrad mit zweifelhaften Reifen und mit einem Rationierungsheft, das er sich von einem Bauern in der Umgebung ausgeborgt hat. (Sein eigenes war seit den dreißiger Jahren einbehalten worden.) Die Straße sieht so aus, wie solche Straßen damals eben aussahen: Schotter, mit Öl und Leim gebunden und mit schrecklichen Löchern von den Wolkenbrüchen und tiefen Spurrillen von den Holzfuhren darin. Das kümmert ihn einen Dreck. Ich frage mich, ob er sich überhaupt klar darüber ist, daß er hundertzwanzig Kilometer fahren muß, um noch am selben Tag zurückzusein.

Er steht früh am Morgen auf, von niemandem bemerkt. Er macht sich Kaffee, bevor irgend jemand aufgewacht ist, er trinkt ihn mit Wohlbehagen und sieht den Spatzen zu, die im Gras herumhüpfen, er hat Knickerbocker an und einen blaugestreiften Pullover, den er sich von meinem Vater ausgeborgt hat.

Er faltet die graublaue Generalstabskarte zusammen und steckt sie in die Tasche, pumpt die Reifen mit der Bakelitpumpe auf, zieht die Naben nach und schleicht sich zum Zauntor hinaus, noch bevor es sieben geschlagen hat.

Es ist ein außergewöhnlich schöner Morgen.

Er sieht sich vorsichtig um, aber niemand scheint ihn bemerkt zu haben. Das ist natürlich eine Erleichterung, dann braucht er nur zu sagen, er sei auf einer langen Radtour an den Seen entlang unterwegs gewesen, wenn er zurückkommt. Aber zugleich gibt es ihm natürlich ein gewisses Gefühl von Verlassenheit, daß niemand auf ihn aufpaßt, daß es ihm freisteht, zu fahren, wohin er will.

Er hat natürlich in den letzten Tagen ein paar Leute in der Umgebung um Rat gefragt: Onkel Knutte fragt immer um Rat. Das ist eine schlechte Angewohnheit, davon wird man nicht stärker.

Irgendein Trottel hat ihm eingeredet, er solle die außerordentlich eintönige Straße zwischen Ramnäs und Skultuna benutzen. Es ist eine wirklich schlechte Wegstrecke – ich habe bereits erzählt, wie sie heute, in den siebziger Jahren, aussieht, und damals war sie wahrhaftig nicht besser.

Sie führt durch einen riesigen, dichten Wald, der voll ist von bemoosten Findlingen und Sümpfen. Die einzige Abwechslung auf dem ganzen Weg sind diese kleinen Moore, die sich für eine kurze Weile auftun, wo vereinzelt ein schläfriger Elch steht und an der Heidemyrte knabbert und entweder davonläuft oder zum Angriff übergeht, wenn ein einsamer Radfahrer die Straße entlangkommt.

Der Rest ist Wald, riesiger Wald, verdammt düsterer Wald.

Und all diese Moore gleichen sich aufs Haar. Das macht die Sache auch nicht erfreulicher.

Die Vögel zwitschern, die Hochsommerflora leuchtet am Wegrand, Johanniskraut, Glockenblumen, Schellenblumen, Akkerkamille und natürlich Windröschen und das Feuerkraut an allen trockenen Halden. Es färbt alle Kahlschläge rot.

Es ist noch ziemlich kühl. Er fegt los wie ein Rennfahrer, die Hänge nach Kyrkbyn hinunter. Hier kommt Onkel Knutte. Es kommt ihm in den Sinn, daß er nie Buchhalter bei der Wäschereigesellschaft hätte werden sollen, statt dessen wäre er natürlich besser Rennfahrer geworden, ein neuer Svängis Johansson. Er hat eine karierte Sportmütze auf dem Kopf, die jungen Bengel, die immer am Kiosk der Tankstelle von Kyrkbyn herumstehen, wo es kein Benzin mehr gibt, weil es in den vierziger Jahren ist, betrachten ihn mit einer Mischung von Neid und Verachtung. Er winkt ihnen stolz zu.

Verdammt, wie sie glotzen! Sie haben natürlich noch nie einen Stockholmer gesehen! Und vor allem keinen, der noch dazu Sportler ist und sich trimmt.

Auf der Fahrt bergabwärts bewältigt er ein paar Kiesbuckel, die einen bedeutend jüngeren Mann hätten auf die Probe stellen können, Gott sei Dank herrscht nur wenig Verkehr, dann und wann ein Kieslaster mit qualmendem Gasgenerator. Auf der Höhe der Kiesgruben, die das Hüttenwerk von Ramnäs nach Süden zu begrenzen, quetscht sich ein Taxi mit Holzvergaser mit einem Pfarrer auf dem Rücksitz an ihm vorbei, zu dieser Zeit tragen die Pfarrer noch dunkle, breitrandige Hüte.

An einem Telegraphenmast klebt ein etwas mitgenommenes Exemplar des bekannten Plakats EIN SCHWEDISCHER TIGER, und mitten in der hellichten stockenden Vormittagshitze gelangt Onkel Knutte auf den langen, gewundenen Waldweg zwischen den Hüttenwerken von Ramnäs und Skultuna.

Aber schon tauchen dunkle Wolken am südlichen Horizont auf.

Ihm fällt ein, daß er keinen Regenmantel dabei hat und daß er vielleicht doch einen hätte mitnehmen sollen. Ihm fällt ein, daß er noch einen ziemlich langen Weg vor sich hat. Ihm fällt ein, daß er allein ist und daß es eigentlich viel lustiger wäre, wenn er jemanden zur Gesellschaft dabeigehabt hätte. Es ist ja ungeheuer langweilig, ganz allein so lange zu radeln.

Er tritt weiter in die Pedale, aber jetzt schon etwas verbissener, und es ist nicht zu leugnen, daß er sogar ein klein wenig Muskelkater hat.

Ringsumher liegen schweigend die Moore, es wird dunkel von gewaltigen Wolkenbänken, die sich von Süden heranwälzen, jetzt klatschen sogar vereinzelt große nasse Regenspritzer auf die Mücken an Onkel Knuttes rötlichem Nacken.

Wird er es wirklich schaffen, noch vor dem großen Gewitter in

Västerås zu sein? Man müßte schon verdammt optimistisch sein, um sich das einzureden.

Auf jeden Fall tritt er weiter hartnäckig in die Pedale, und es kommt ihm so vor, als führe er im Kreis herum: die gleiche verflucht melancholische Lichtung, die gleiche bedrohliche flechtenbehangene Birke kehren mit einer geradezu teuflischen Eintönigkeit nach jeder zweiten Kurve wieder.

Kleine aggressive Windböen kommen auf, sie fegen ihn fast vom Weg.

Er hat tatsächlich schon seit Jahren kein richtiges Gewitter, kein Gewitter im Freien mehr erlebt; nur solche, vor denen man sich in Sicherheit bringen kann, indem man in den erstbesten Hauseingang in der Stockholmer Südstadt tritt. Onkel Knutte wohnt nämlich in der Südstadt.

Nachdem es eine Weile vorbereitend gegrollt, getröpfelt und geweht hat, kommt die richtige Gewitterbö.

Mit den Gewittern der vierziger Jahre im nördlichen Västmanland war nicht zu spaßen. Einige davon werden noch heute als Beispiele für extreme Fälle in meteorologischen Abhandlungen angeführt, wie etwa das große Gewitter am 14. Juli 1941, das das Zentrum von Fagersta fast völlig überschwemmte, das Gewitter im August 1944, das auf einen Schlag vier Scheunen in Brand setzte und in dessen Verlauf eine Windhose das alte Röhrenwerk von Virsbo völlig zerstörte. Ganz zu schweigen von dem berühmten Gewitter im Jahre 1953, das seinen Kern in einem sehr begrenzten Gebiet um Brattheden und das Seglingsberger Hüttenwerk herum hatte und mit einem Hagelschauer endete, bei dem einige Hagelkörner 600 Gramm wogen, wie sich herausstellte. Von den Windhosen wollen wir gar nicht erst reden. 1934 wurden drei Rentner beim Fischen mit ihrem Kahn und allem drum und dran in eine Höhe von 200 Metern emporgehoben, und das Seltsame daran ist, daß sie in dem Kahn mit dem Kiel voraus und sogar fast ohne einen Knoten in der Angelschnur auf einem See abgesetzt wurden, der ein paar Kilometer weit von dem entfernt war, auf dem sie ihre Angeltour begonnen hatten. Über die Windhose, die in der Mitte der sechziger Jahre den Kolonialwarenladen in Ängelsberg um einen halben Meter verfehlte und statt dessen ein Gemeindehaus entfernte, das ohnehin abgerissen werden sollte, kann man in der ›Vestmanlands Läns Zeitung‹ nachlesen, deren verschlafene alte Reporter wieder jung werden, und sich mit Jagdfieber im Blick ins Taxi werfen, sobald Meldungen über ein wirklich verheerendes Gewitter eintreffen.

Dies war keins von den ganz großen Gewittern, es ist nicht in die Geschichte eingegangen. Aber es war auch kein so ganz kleines.

Onkel Knutte bemerkt plötzlich, daß die großen hohen Föhren, die sich ungefähr siebenhundert Meter weiter südlich in seiner Fahrtrichtung auf einem Bergrücken gegen den dunklen Himmel abzeichnen, sich fast so wie Ähren biegen, die im Wind schwanken.

Und einen kurzen, panikerfüllten Augenblick lang spürt er, daß der Luftdruck so niedrig ist, daß er tatsächlich ernsthafte Schwierigkeiten beim Atmen hat.

Dann kommt die Gewitterbö.

Er beschreibt sie mir später als »eine einzige verfluchte Wand aus Wasser«, die ihm quer über den Weg entgegenkam.

Er fährt natürlich schnell vom Weg herunter, gelangt auf einen kleinen Forstweg, der kaum mehr ist als ein Pfad, mit einem hohen Wall in der Mitte, auf dem alle möglichen Gräser und Kräuter wachsen, und noch während er darauf entlangholpert, verwandeln sich die beiden Furchen jeweils in schäumende Bäche.

Er sucht, so gut es geht, Schutz vor dem tosenden Regen unter einer mächtigen Tanne, deren unterste Äste sich meterweit um den Stamm herum ausbreiten.

Es zeigt sich, daß es dort drinnen ganz trocken ist, er sitzt wie in einer kleinen Höhle, abgeschlossen und geschützt vor der bösen Welt.

Die Blitze zucken, der Regen strömt draußen herunter, die Wolken sind so dicht, daß es aussieht, als wäre es Dämmerung und Abend mitten am Tag.

Nein. Etwas Derartiges hat er wirklich noch nie erlebt.

Und es kommt der Augenblick, da er sich fragt, ob er nicht eigentlich sein Leben mißverstanden habe. Was wäre, wenn es eigentlich zu etwas ganz anderem bestimmt war? Und wenn es so wäre, ist es dann nicht schon zu spät, um es noch zu ändern?

Warum ist es eigentlich nötig, daß er ist, der er ist, und nicht jemand ganz anders? Warum muß ausgerechnet er ein dem Alkohol verfallener Buchhalter bei einer Wäschereifirma in der Stockholmer Südstadt sein?

Und einen Augenblick lang, umgeben von Regen, Sturm und Blitzen, ist er nüchterner, als er es je zuvor gewesen ist.

Es kommt ihm so vor, als habe er etwas Wichtiges vergessen, etwas von der Art, was einen dazu bringt, sich zu sagen:

– Herrgott noch mal, was bin ich dumm! Warum habe ich daran nicht gedacht?

Aber er kommt nicht darauf, und schon bald läßt der Regen etwas nach. Er ist natürlich völlig durchnäßt, er beginnt mit den vier verschiedenen Ameisenkolonien unter der Tanne Bekanntschaft zu machen, die ebenfalls herausgefunden haben, daß dies ein ungewöhnlich trockener und günstiger Platz ist; es wird Zeit, daß er weiterkommt und wenigstens wieder warm wird, damit er sich keine Lungenentzündung holt.

Endlich! Jetzt tropft es nur noch vereinzelt von den Bäumen.

Er schleppt sein Fahrrad zur Landstraße hinauf, schwingt sich auf den durchnäßten Sattel und tritt in die Pedale, bis er nicht mehr vor Kälte zittert.

Das gleiche dämliche kleine Moor mit seiner vereinzelten Birke zieht alle zehn Minuten mit abscheulicher Eintönigkeit vorbei, der gleiche Hang mit scheußlich bröckeligen Kiesrändern, die sich jetzt nach dem Wolkenbruch noch dazu in komplizierte Serpentinenmuster gelegt haben – es ist wirklich der eintönigste Weg in ganz Västmanland.

Nun, er radelt tapfer drauflos, obwohl ihn seine Waden und Leisten jetzt wirklich spüren lassen, daß er nicht mehr im Radfahralter ist. Der Donner ist jetzt nur noch als fernes Grollen zu hören, es beginnt sich aufzuhellen, es ist schon wieder recht warm, und von Onkel Knuttes Kleidern dampft es richtig.

Bunte Schmetterlinge flattern über die großen Kahlschläge.

Jetzt müßte er bald in Skultuna sein. Und tatsächlich, der Wald tut sich auf, der Wald ist wirklich zu Ende, ein Bahnübergang, ein paar Häuser tauchen auf, dann eine Kirche. Haben alle Kirchen in Västmanland Zwiebeltürme?

Noch einen Hügel hinauf und dann an einem Bahnhof vorbei, wie eigentümlich sich die Bahnhöfe in Västmanland gleichen!

Und dann wieder bergauf und über eine Brücke, und da tut sich ein hübscher See auf, aber aus irgendeinem Grund sträubt er sich, er ist gar nicht so sicher, ob er diesen See sehen möchte.

Und dann, das Ende; ich stehe, ein noch recht kleiner Knirps, in kurzen Hosen und Baumwollhemd am Zaun und spähe auf die Straße hinaus, das pflegte ich damals ziemlich häufig zu tun, und ich sehe ihn schnaufend den letzten Berg heraufkommen, mit einem unsicheren, unbestimmten Ausdruck im Gesicht, und ich freue mich natürlich und rufe:

– Onkel Knutte, du bist schon wieder da! Das ist ein Weltrekord!

Und es müßte schon einiges passieren, um mich jemals seinen Gesichtsausdruck vergessen zu lassen, als er mich entdeckt, und wie er durch das geöffnete Tor hereinfährt und das Fahrrad mit einem verzweifelten Wutschrei hinschmeißt und sich düster grübelnd ins Gras setzt.

Onkel Knutte, versteht ihr, das bin in gewisser Weise ich selbst, Lars Herdin.

So einfach ist das also.

Wolle? Leichter Geruch nach nasser Wolle.

Wolle hat zwei Eigenschaften, wißt ihr. Sie schützt vor Kälte, vor Winter und Sturm. Aber sie isoliert auch.

Wolle schützt und isoliert. Wollsachen hatte sie immer an, dieses Mädchen.

Das Mädchen. O dieses verdammte Mädchen!! Wenn ich nur an sie denke ... Verdammtes Gör. Und hier sitze ich mit drei gequetschten blauen Fingerspitzen und lebe noch. Nasse eklige Wollsachen, die im Regen draußen gehangen haben, das ist das Ganze.

Ich kann mich ziemlich gut an diese Tage erinnern. Es war also Mitte November, im Herbst 1969, und es gibt da einen ganz bestimmten Samstag, und das ist der Samstag, an dem alles begonnen hat.

Es fing damit an, daß ich mich dazu entschlossen hatte, mit dem Direktor zu reden. Völlig idiotisch. Er hatte jedenfalls Zeit für mich, zwischen ein paar Studientagen und einem Vortrag über die Funktion der Schule in der freiheitlichen Gesellschaft. Konferenztisch mit Glasplatte, schwarzer knarrender Ledersessel, Zigaretten zum Anbieten in einem schwarzen Holzbecher:

– Ist etwa eins von den Mädchen schwanger?

– Nicht daß ich wüßte. Es geht um diesen kleinen Carlsson.

– Um welchen kleinen Carlsson?

– Das ist ein kleiner Kerl aus Tibble, er sieht aus wie die Kreuzung aus einem Hecht und einem Wiesel oder aus einem Plattfisch und einem Wiesel, meine ich, der Vater hat eine Art Autowerkstatt dort draußen, jedenfalls nimmt er Autos zur Reparatur an.

– Kenne den Jungen nicht. Was hat er gemacht? Geht es um Diebstähle?

– Er ist eine ganz unglaubliche mathematische Begabung. So etwas ist mir noch nie untergekommen.

– Das ist aber erfreulich.

– Ich habe mir nichts Besonderes dabei gedacht, als er immer alle Aufgaben in den Klassenarbeiten richtig gelöst hat, denn man kann ja immer damit rechnen, daß dies das Ergebnis einer gewissen Mischung aus rechnerischem Talent und Glück und Geschicklichkeit im Pfuschen ist. Meine Klassenarbeiten richten sich nach den Standardaufgaben.

– Mja.

– Es handelt sich also nicht um irgendeinen widerlichen kleinen Karrieristen, ganz im Gegenteil, er ist eine echte Begabung.

– Hmm.

Er schaute so mißbilligend drein, daß ich hätte schwören können, daß er mich verstanden hatte, oder vielmehr, daß er mich nur zu gut verstanden hatte.

– Du meinst, daß er nicht besonders ehrgeizig ist? Du weißt doch ganz genau, daß Begabung an und für sich kaum etwas wert ist. Die neue Schule ist nicht nur für die Begabten da.

– Es interessiert ihn überhaupt nicht, was in der Schule mit ihm passiert. Ich möchte fast annehmen, daß er sie als ein notwendiges Übel betrachtet, als einen Ort, zu dem er den Winter über sehr früh am Morgen zu fahren hat.

Das Interessante an dem Jungen ist, daß er selbständig Gleichungen austüftelt, die eigentlich zum schwierigsten Pensum der Algebra gehören. Er wendet sie an, um Aufgaben, die ich ihm stelle, in einer halben Minute zu lösen statt in zwanzig. Das ist ein bißchen erschreckend.

– Finde ich auch. Benimmt er sich sonst ordentlich?

– Er macht sich sehr wenig bemerkbar. Das meiste von dem, was ihn interessiert, scheint er woanders zu tun.

– Hast du das Gefühl, daß er die Klasse demoralisiert?

– Demoralisiert? Wieso denn?

Ich saß so, daß ich zum Fenster hinaussah. In der Eisenhütte wurde ein Abstich gemacht, eine riesige Wolke, dunkelrot und von Eisenoxyden geschwängert, breitete sich über ganz Trummelsberg aus, der See verschwamm in einem weißen Winternebel und ruhelose Elstern flogen quer über den Schulhof. In den Morgennachrichten hatte ich gehört, daß in den Gruben von Kiruna irgendein Streik ausgebrochen war, ein wilder Streik. Es ist doch nicht so erstaunlich, daß die Arbeiter sich organisieren, das haben sie schon Ende des vorigen Jahrhunderts getan.

Offenbar hat sich der Streik jedoch nicht bis hierher ausgebreitet. Im übrigen würde ein Streik hier wohl nur zur Stillegung des Hüttenwerks führen.

– Ein begabter Schüler, sagte diese ausgesuchte karrierelüsterne Null, dieses Schulreformluder, dieser Studientags- und Lehrplanpäderast, der in seinem gestreiften Anzug vor mir saß, ein begabter Schüler muß in die normale Arbeit der Klasse eingegliedert werden, sonst wird er zu einem Störfaktor. Die andern könnten den Eindruck bekommen, es lohne sich nicht zu arbeiten.

Es lohnt sich ja auch nicht. Leichter Geruch nach nasser Wolle. Warum zum Teufel riecht neuerdings die ganze Welt nach nasser Wolle? Habe ich irgendeinen Gehirnschaden bekommen, der bei mir Geruchshalluzinationen hervorruft? Das würde mich nicht wundern. Ich schaute auf die Uhr. Bald würden die Mittagsnachrichten von TT fällig sein, und dann würden wir erfahren, wie es mit diesem Streik in Kiruna gelaufen war.

Samstag nachmittags gehe ich gewöhnlich zu Ingrid nach Hause. Manchmal schlafen wir miteinander, manchmal auch nicht. Das Kind ist nicht von mir. Unsere Beziehung hat mit Unterbrechungen all die Jahre lang bestanden, die ich hier wohne. Sie ist sehr unberechenbar. Bei ihr ist die Sexualität losgelöst von allem übrigen.

Ingrid war der erste Mensch, mit dem ich mich getroffen habe, als ich hier ankam. In diesem Herbst war sie sehr schüchtern, ich erinnere mich, daß ich den halben Herbst lang mit ihr ins Kino gegangen bin, bis ich sicher war, daß sie lesbisch sein müsse oder völlig frigide.

Das war sie nicht. Später hatte sie eine Affäre mit dem Direktor. Daraus kann sie jetzt noch manchmal Nutzen ziehen, wenn es mit der FNL-Gruppe der Schule Krach gibt. Das haben sie sehr nötig. Ein Aushilfslehrer wurde letztes Jahr in Blitzesschnelle von hier wegbefördert, weil er etwas zu viele Erdkundestunden dazu benutzte, um über Südostasien zu sprechen. Geldsammlungen sind in der Schule prinzipiell verboten. Die Gruppe sammelt trotzdem Geld, und ich pflege demonstrativ zehn Kronen in die Büchse zu stecken, mit einer möglichst großen Geste, fast wie ein richtiger alter Kirchendiener nach der Kollekte.

– Für diesen Jungen gibt es zwei Möglichkeiten. Entweder es wird nichts Besonderes aus ihm, und er landet schließlich wie all die andern als Automechaniker in einer umgebauten Scheune an irgendeiner Straßenbiegung, oder er bekommt Gelegenheit, sich weiterzuentwickeln. In diesem Fall wird er Professor, und wenn er drumherum kommt, Professor zu werden, und somit Zeit für die Forschung hat, dann ist es sehr wohl möglich, daß er zur Entwicklung der modernen Mathematik beitragen wird.

– Du gehst aber tüchtig ran.

– Aber so ist es doch. In einer richtigen Schule, also nicht in einem solchen Freizeitheim für die ältere Jugend mit ihrer Wassersuppe von Unterricht, würde diese Chance genutzt werden.

– Ja, ich kenne deine Reden, und ich habe nicht die Absicht, mit dir darüber zu diskutieren. Du weißt, daß ich über die neue Schule nicht so denke wie du.

– Natürlich nicht. Dann wärst du ja nicht Direktor. Aber jetzt sag mir doch, ob es etwas gibt, was ich tun kann. Gibt es irgendwelche Extramittel, von denen ich ihm Fernkurse besorgen könnte? Kann ich ein paar Stunden im Monat dafür bekommen, um noch zusätzlich mit ihm zu arbeiten? Ich würde es anregend finden, und es würde mich aufmuntern, aber ich sehe nicht ein, warum die Schule mir das nicht bezahlen sollte.

Ich erinnere mich an diesen ersten Herbst in Trummelsberg. Es war ein ziemlich trostloser Herbst. Zu Anfang saß ich meist in einem von den beiden Restaurants der Stadt, die abends unbeschränkten Alkoholausschank haben, und trank lustlos astronomisch teuren Whisky. Aber ich habe mir nie viel aus Alkohol gemacht, er wirkt wie ein zusätzlicher Bremsklotz, neben all den andern. Ich bin zu alt für die Haschgeneration, und diesem dämlichen Alkoholkult habe ich nie etwas abgewinnen können. Schon allein das Gekicher einer Schnapsrunde deprimiert mich.

Und diese jungen Burschen vom Trummelsberger Lokalblatt und von der Lokalredaktion der überregionalen Läns-Zeitung, die Abend für Abend dort saßen, nachdem die Zeitung in Druck gegangen war, ungebildet, leicht grinsend und lauthals von Steuern und Automarken redend und davon, zum Expressen überzuwechseln und Starreporter zu werden, die langweilten mich noch mehr. Sie wurden immer so schrecklich aggressiv im Laufe des Abends.

Wie ich schon sagte: ich mache mir nicht viel aus Alkohol.

Aber es gab dort absolut nichts zu tun. Um die Weihnachtszeit herum war ich schon ziemlich versumpft, und ich kam etwas ins Schwimmen mit der Einhaltung der Zeiten und der Korrektur der Klassenarbeiten, und mir wurde allmählich klar, daß dies ein böses Ende nehmen würde, wenn ich mich nicht zusammennähme.

Also nahm ich mich zusammen.

An einem Abend um das Luciafest herum setzte ich mich auf dem Heimweg einfach in eine Schneewehe. Ich hatte keine Lust, weiterzugehen. Und natürlich wollte ich sterben, aber das habe ich schon gewollt, seit ich drei Jahre alt war, das ist also nichts Besonderes. Es ist ein altes Lied, das mir schon mein Leben lang im Kopf herumgeht.

Ich meine damit, daß mein Wunsch zu sterben in diesem Augenblick nicht stärker war als gewöhnlich. Aber es wäre jetzt ganz leicht gewesen, denn ich saß in dieser Schneewehe und nickte ein.

Nein, sagte der Direktor, indem er durchblicken ließ, daß das Gespräch allmählich etwas ermüdend, etwas zu intellektuell zu werden begann, ja, weiß Gott ob er nicht sogar argwöhnte, es verberge sich irgendeine radikale Teufelei hinter meinem Einfall, daß man etwas tun könnte für die größte mathematische Begabung, die Trummelsberg je gesehen hatte und die unglücklicherweise in einem kleinen sommersprossigen und ungewaschenen Kerl von einem der Höfe in der Gegend von Virsbo ihren Sitz hatte, nein, weißt du, es gibt keine solchen Mittel. Aber du kannst ihm natürlich Aufgaben stellen. Er darf der Klasse vorausarbeiten.

Ich glaube fast, er verdächtigte mich einer Art von »Gefühlsduselei«. Diese Bestien mit ihren Rotary-Abzeichen und Gipsgesichtern haben ja den gesellschaftlichen Bereich mit Beschlag belegt, in dem es in einer andersgearteten Gesellschaft Unterricht, Anregung und Anleitung für junge Menschen geben würde. Davon haben sie Besitz ergriffen mit ihrem verwässerten Wohlfahrtsstaat. Und folglich mögen sie es nicht besonders, daran erinnert zu werden, daß sie eigentlich nichts anderes sind als eine Art Besatzungsmacht.

Und wenn man einen Augenblick lang so redet, als gäbe es einen Intellekt, als existierten Reifungsprozesse, harte, gediegene Gedankenarbeit und Ideen, dann sehen sie einen an mit ihren kühlen blauen wohlfahrtsstaatlichen Augen, voller Entsetzen natürlich, aber sie kaschieren dieses Entsetzen so gut es geht und fühlen sich »peinlich berührt«.

Niemand übernimmt die Verantwortung für uns, und wenn ich nicht so ein verdammt blöder Narr wäre, hätte ich mir schon von vornherein denken können, daß es für diesen Jungen nicht das geringste zu holen gab in ihrer Spülwasserschule, ihrem beschissenen Vorbereitungsinstitut für die Werksverwaltung.

Ich war ganz allein auf mich gestellt, bevor wir noch das Gespräch zu Ende gebracht hatten. Es gab niemanden außer mir, der die Verantwortung für den Jungen gehabt hätte, und ich fühlte mich verflucht mickrig, als ich das begriff.

Wer mich rettete, ich meine damals im ersten Trummelsberger Herbst in der Schneewehe, das war komischerweise der Maler Ebbeling, der alte Landschaftsmaler, der auf einer Landzunge draußen am Åmänningen wohnt.

– Was ist los mit dir, Junge, sagte er. Was bist du denn für einer?

Er muß mich besser verstanden haben, als ich mich selbst verstehe, denn er fuhr mich in seinem zuverlässigen alten Volvo – nicht heim zu mir, das wären wohl etwa dreihundert Meter gewesen, sondern gut zwanzig Kilometer zu sich nach Hause. Dort steckte er mich einfach ins Bett. Ich blieb das ganze Wochenende über dort, und bevor ich am Sonntag abend mit einem Taxi nach Hause fuhr, hatte er mich ein paar Dinge gelehrt, von denen ich keine Ahnung gehabt habe.

Über Imprimituren und Lasuren und die Brüder van Eyck und die Venetianer Schule und Fadenkorn und Schummern und verschiedene Arten von Farben. Er brachte mir bei, das weiß ich noch genau, daß das Licht auf tiefe blaugrüne oder graugrüne Schichten unter den sichtbaren Farbschichten gleichsam aufprallen muß, um die geheimnisvolle Leuchtkraft zu erhalten, die die Venetianer haben. Und er zeigte mir seine Bilder – er arbeitet offenbar vom frühesten Morgen an bis spät in die Nacht hinein und hat schon seit Jahren keine Ausstellung mehr gehabt, auch in der Zwischenzeit nicht. Ich habe sie als ungeheuer schön, leuchtend, stark in Erinnerung.

– Dann ist da diese Sache mit den Fahrraddiebstählen, sagte der Direktor abschließend. Wenn dir darüber etwas zu Ohren kommt, was dazu beitragen könnte, die ganze Sache aufzuklären, dann setz dich um Gottes willen so schnell wie möglich mit mir in Verbindung.

Solche Sachen lassen ihn natürlich wieder munter werden.

Ingrid, ein blondes, mageres, geschmeidiges Mädchen. Früher einmal Jugendmeisterin im Turnen. Kurzgeschnittenes blondes Haar. Mit einem Kind. Etwas unregelmäßige Zähne. Als wir uns kennenlernten, war sie in der Trummelsberger FPU, der Jugendorganisation der Volkspartei, heute, am Ende der sechziger Jahre, gehört sie zur FNL-Gruppe, und im Herbst 1969 ist sie so verstrickt in diese Auseinandersetzungen zwischen verschiedenen extremistischen Splittergruppen, daß man sie kaum noch zu sehen bekommt.

Ich spiele ihr manchmal auf meiner Stereo-Anlage Gesualdo vor. Mein einziges wirklich wertvolles Besitztum. Eine kalte, sinnliche, ganz teuflische Musik.

Ich weiß nicht recht, paßt sie zu ihr?

Doch, in gewisser Weise schon. Dieses eigentümlich schöne, kühle, geschmeidige Mädchen. Manchmal kalt und manchmal warm.

Wir haben immer zueinander gesagt: ach was, das bedeutet nichts, das ist nur eine praktische Angelegenheit.

Nach neun Jahren oder wie viele es jetzt sind, kann man sich allmählich fragen, ob es nicht doch etwas bedeutet hat. Etwas vorbereitet hat, mir eine Sache klargemacht hat.

Natürlich hat es das, verdammt noch mal.

Sie war die ganze Zeit über für mich der Vorwand, um mich fernzuhalten. Von wem? Von den andern Frauen.

– Schönes Wochenende, sagt er.
– Ebenfalls, sage ich.

Ich bin 1961 von Uppsala hierher nach Trummelsberg gekommen. Ich hatte im gleichen Frühjahr mit einer Arbeit über harmonische Funktionen promoviert.

Ich hätte gar nicht mehr viel daran zu tun brauchen, vermute ich, um Dozent zu werden. Und manch einen hat es wohl ein bißchen überrascht, als ich so ohne weiteres abhaute. Ich habe es mir selbst nie erklären können, warum ich nicht geblieben bin.

Mein Vater war Vertreter für Staubsauger in Västerås, in den vierziger Jahren sah man ihn mit dem großen Musterkoffer unterwegs auf einem überladenen Fahrrad mit Ballonreifen, in seinem grauen Trenchcoat, mit ganz Västmanland bekannt, beim Kaffeetrinken in den Höfen, beim Reparieren von Fahrradpannen im Nieselregen draußen im Flachland, und später im Auto, ein zurückhaltender und doch witziger Geschichtenerzähler.

Ich meine, daß ich es lernte, mich im Universitätsmilieu zurechtzufinden, aber richtig heimisch habe ich mich nie darin gefühlt. Ich hatte ständig das Gefühl, daß es für eine andere Art von Menschen bestimmt war und daß lediglich meine mathematische Begabung der Grund dafür war, daß man mich dort so freundlich behandelte, wie es tatsächlich der Fall war.

Ich hatte ein Naturalstipendium, etwas ganz Hervorragendes, was es damals für minderbemittelte Studenten gab und was nun schon seit langem durch Studiendarlehen ersetzt worden ist, die man nach einem Indexlohn zurückzahlen muß. Ein Naturalstipendium bedeutete, daß man ein paar Jahre lang freie Unterkunft und freie Verpflegung bekam. Mit meinen Gutscheinen ging ich in Dagnys Kantine essen und lernte das kennen, was später das Uppsala der fünfziger Jahre genannt wurde. Jacob Branting und Sven Delblanc, Delblanc immer mit einem langen schmalen Zigarillo, Professor Hedenius und Thorild Dahlquist, die man mir auf der Straße zeigte, Lars Gustafsson mit flatterndem Gang, immer gehetzt auf der Övre Slottsgatan unterwegs, Sven Hamrell, der Diskussionen über Afrika in der Aula veranstaltete, aber all das nur so im Vorüberhuschen.

Gustafsson kannte ich ja von der zwölften Baracke beim Uppländischen Regiment, wo er ein paarmal eine psychologische Arbeitsgemeinschaft im Lesezimmer veranstaltete, und ich weiß noch, wie maßlos ich mich über ihn geärgert habe, als wir uns in Uppsala wiedersahen. Es war auf einem von diesen widerlichen Tanzabenden des Studentenverbands, Fleischmarkt, weiß der Teufel, wie man es nennen soll, wo die Jungens in der einen Ecke des Raums stehen und die Mädchen in der andern und alle sich auf das richtige Mädchen einstellen. Er kommt vorbei und sagt: na so was, du bist hier?

Danach haben wir lange Zeit nicht mehr miteinander geredet. Hochnäsiges Ekel! Das ist er schon immer gewesen.

Nein. Uppsala. Ein Zimmer in Untermiete draußen in Sala Bakkar, abscheuliche Wintertage, die Hinterhöfe in der Dragarbrunnsgatan mit ihren unbeschreiblichen Fahrradwerkstätten. Und diese etwas komischen, vergammelten Typen, die man Jahr für Jahr dort sah, in einem Sessel im Clubraum versunken, wo sie den halben Tag lang Zeitung lasen und sich zwanzig Piepen liehen, um abends in die Kneipe zu gehen. Und diese Angst, daß aus einem selbst etwas Ähnliches werden könnte!

Und diese verschwitzten lärmenden Gesellschaftsabende der Studentenverbände, wo es später in der Nacht im Lesezimmer für die Senioren Whisky-Soda gratis gab, und dieses ganze etwas widerliche Getue um die Heimatprovinz (man erkannte sie überhaupt nicht wieder, wenn sie darauf anstießen, sie schien aus Birkenalleen und schmucken roten Häuschen mit einem Fahnenmast davor zu bestehen, und warum muß man im übrigen so ein Geschrei um die Heimatprovinz machen, wenn Uppsala nur achtzig Kilometer von Västerås entfernt ist. Sie könnten doch einfach den Trolleybus nehmen, zum Teufel.).

Alte rotgesichtige Betriebsleiter von den Hüttenwerken, die gerade zu Ehrenmitgliedern im Vorstand ernannt worden waren, damit sie den Baufonds aufbesserten, unterhielten sich lauthals und voll jungendlichem Enthusiasmus mit beflissenen Jünglingen, die sehr genau wußten, was es bedeutete, mit ihnen bekannt zu sein, wenn man in das sogenannte Berufsleben hinauskam. Damals, in den fünziger Jahren, war Uppsala noch ein Ort, wo alle Leute fest davon überzeugt waren, daß sie einer Elite angehörten. Sie würden Oberärzte und Staatssekretäre und Ministerialräte werden, und die Hälfte ihrer Zeit verbrachten sie damit, sich Beziehungen zu schaffen, selbst wenn sie nur glaubten, sie würden sich Freunde machen.

Ein Bordell des Erfolgs, bevölkert mit wirren, unfertigen Menschen, und einige davon so unglücklich, daß sie dem Tode nahe waren.

Und diese Fahrradwerkstätten in den Hinterhöfen an der Dragarbrunnsgatan! Wenn ich nur wüßte, warum ich so oft an sie denke!

Jedenfalls, in dem Augenblick, als mir klar wurde, daß dieser verrückte kleine Carlsson mit seinen Wieselaugen und seinem frühreifen seltsamen Mathematikergehirn Gefahr lief, nach Uppsala zu kommen, ja, daß er überhaupt irgendwelche Gefahren lief, da stürzte die Verantwortung auf mich ein, schwer und endgültig wie ein eiserner Vorhang.

Ich entschloß mich, die Eltern aufzusuchen. Morgen war ja Sonntag.

Der Duft nach altem trockenen Holz

Im Obergeschoß, wo ich meine zwei Zimmer und meine Kochnische habe, gibt es einen Geruch nach altem Holz. Am intensivsten ist er an der Dachschräge in dem Zimmer, das ich als Arbeitszimmer benutze und in dem ich meine Bücher habe.

Etwa fünfhundert Bände (einige davon sind schon seit Jahren nicht mehr aus dem Regal genommen worden), mathematische und physikalische Fachliteratur, Strindberg und Dostojewskij, unzählige Science-Fiction-Romane, die ich gewöhnlich vor dem Einschlafen lese, ein großes Musiklexikon, Dagerman und Jan Myrdal, ziemlich viel Lyrik, das eine oder andere politische Paperback. Ablagerungen aus verschiedenen Jahren.

Und mein Schreibtisch (Flecken von roter und blauer Tinte, kreisförmige Spuren von Teetassen) und meine Stereo-Anlage (zwei Carlssonlautsprecher, keine solchen dämlichen Würfel, sondern richtige Lautsprecher, ein Cambridgeverstärker und ein Plattenspieler der Marke Era, Hunderte von Schallplatten).

In der Garderobe habe ich nicht nur meinen Ausgehanzug (ich besitze nur zwei Anzüge, und seit Mitte der sechziger Jahre unterscheide ich zwischen dem »neuen Anzug« und dem »alten Anzug«, man kann den Unterschied nur an den Ellbogen sehen), auch Wintermantel und Anorak und Wollschals und Mützen und ein Paar solide Stiefel, die ich bei Skitouren und Spaziergängen trage (ich würde mir gern einen Hund kaufen, aber es wird nie was daraus). Und auf dem Boden des Garderobenschranks liegen in Kartons alte Spiralblöcke mit dem gesamten Material für eine Habilitationsschrift (große krumme und gerundete Buchstaben in meiner Schrift), ein kaputter Tennisschläger (habe eine Zeitlang mit Ingrid gespielt, gab es aber auf, als sie aufhörte, es war niemand anders da, der mit mir spielen wollte, und die Angestellten vom Hüttenwerk schnappen einem alle festen Zeiten weg) und eine Schmalfilmkamera mit Projektor (die ich nie benutze) und zwei alte Photoalben. Das eine hat meinem Vater gehört, der mittlerweile tot ist, und es macht mir Spaß, weil es so viele Bilder von mir als kleinem Kind enthält. Es gibt da zum Beispiel ein Bild, auf dem ich in einem Garten im westlichen Teil von Västerås sitze, es muß 1939 aufgenommen worden sein, oder: in dem Jahr, in dem der Zweite Weltkrieg ausbricht, und ich spiele mit einem kleinen Lamm aus Lammfell, lustigerweise erinnere ich mich noch an dieses Lamm.

Weiß der Teufel, was da noch alles in der Garderobe liegt.

Aber das Wichtigste an dieser Garderobe ist der Geruch. Er erinnert mich an etwas aus meiner Kindheit, etwas Muffiges und Tristes, etwas mit Treppenhäusern, Kellern, wo eine Glühbirne lose an der Decke hängt, alten Badewannen, wo sich um das Ventil herum ein brauner Rand gebildet hat, Studentenkantinen in Uppsala, wo eine Katze unter dem Tisch der Wirtin liegt. Es kommt vor, daß ich die Tür des Garderobenschranks offen lasse, nur um diesen Geruch zu spüren. Ich muß ihn mir manchmal in Erinnerung rufen.

Ihr haltet mich für verrückt, aber ich habe das Gefühl, daß es ihn überall in Schweden gibt. In den fünfziger Jahren war er sehr stark, er war mal hier, mal da zu spüren, aber am stärksten war er in Uppsala.

In der Mitte der sechziger Jahre war er für ein paar Jahre fast verschwunden, da roch es statt dessen überall nach nassem Zement, nach Kaufhausbaustellen und Parkhäusern, und nur ganz vereinzelt, wenn ein Abbruchhaus unter den Greifzähnen eines Baggers zusammenstürzte, konnte er in einem gewaltigen Windstoß daherkommen. O Gott!

Dann war es, als wäre er zurückgekrochen gekommen, dieser Geruch, aus allen Winkeln und Ecken, Kellerluken, alten Garderoben, Treppenhäusern, wo Visitenkarten mit Reißzwekken auf einer vergilbten Tapete befestigt sind, Geruch aus Zeitungsredaktionen, aus den Wartezimmern des Arbeitsamts.

Jetzt kommt er wieder angekrochen, dieser Geruch. Von 1968 an ist er, hol's der Teufel, wieder überall zu spüren.

Am nächsten Morgen, es war ein Sonntagmorgen mit einer Temperatur von minus zwanzig Grad: Ich erinnere mich, wie ich an der Bushaltestelle mit dem gelben Schild der Schwedischen Eisenbahn stehe. Ich stapfe darum herum und schlage mir die Arme um den Leib, um warm zu werden, und schlage sie Ingrid um den Leib, deren Wagen in der Kälte gestreikt hat, die mich aber trotzdem zur Haltestelle begleitet hat.

Dies ist, verdammt noch mal, meine letzte richtig deutliche Erinnerung an sie, denn später kommt sie zwar in diesem Bericht noch vor, aber da ist sie mir schon gleichgültig geworden.

Ingrid, die ganze Nacht über abwechselnd heiß und kalt, und jetzt am Morgen frisch wie immer, in einem raffinierten Wildledermantel, mit sorgfältig gekämmten, frisch gewaschenen und sehr kurzen blonden Haaren, und durchaus imstande, unentwegt zu reden, über Busfahrpläne oder den Mangel an Turnhallen oder Rezepte aus der Femina. Und ich weiß nicht, was noch alles.

Die Sonne, schräg, griesgrämig, in ihrem winterlichen Tiefstand, und die Bäume werfen dementsprechend lange blaue Schatten in der Komplementärfarbe, solche dreihundert Meter langen Baumschatten, wie man sie eigentlich nur im Dezember sieht.

Sie begleitete mich also zur Bushaltestelle, und dann kam der Bus.

Es war nicht so weit, wie ich es mir vorgestellt hatte. Sechzehn oder siebzehn spiegelglatte Kilometer (hier oben denken sie gar nicht daran, Viehsalz zu streuen, und das ist auch gut), dann wieder ein Haltestellenschild. Kräftiger, hochstämmiger Kiefernwald mit hundert Meter langen Schatten und ein verwitternder Milchkannenständer.

Nur etwa fünfzig Meter weiter im Wald drinnen lag ein kleines rotes Blockhaus mit einem sorgfältig bis zum Treppenaufgang freigeschaufelten Weg und einem großen, ordentlich geschichteten Holzstapel an der Längswand des Klohäuschens.

Ich ging den Pfad hinauf, wo ein großer wütender Kettenhund wie eine Explosion aus seiner Hütte herausgeschossen kam, der erst einen halben Meter vor mir von der Kette abgefangen wurde, die an seinem Hals befestigt war und die wiederum an einem alten rostigen Eisendraht entlanglief, der zwischen ein paar Bäumen gespannt war. Ich fragte mich flüchtig, was wohl passieren würde, wenn dieser Draht entzweiginge, aber das tat er ja nicht.

Der Hund setzte sich abrupt auf sein Hinterteil und starrte mich an, und in seinen Augen sah ich Trauer.

Die Gardine bewegte sich heftig am Fenster, und ich ging die Stufen zum Treppenabsatz hinauf, wo sogar ein großer Besen stand, mit dem man sich den Schnee von den Schuhen bürsten sollte.

Dies konnte ja nicht Carlssons Haus sein, das war mir schon klar, aber da ich keine Ahnung hatte, welchen Weg ich nehmen sollte, klopfte ich an. Zwischen Außen- und Innentür roch es nach Katzen und altem Holz, und drinnen in der Küche saßen ein alter Mann und eine alte Frau sich am Küchentisch gegenüber und tranken Kaffee. Die späten Sonntagmorgennachrichten im Radio waren so laut aufgedreht, daß es fast in den Ohren schmerzte. Er war glatzköpfig und dünn, eine Brille mit schmaler Stahlfassung war an seinen großen roten Ohren festgehakt, die er sich mehr als einmal beim Holzfällen erfroren hatte, denke ich mir, und vor ihm auf dem Tisch ausgebreitet die Vestmanlands Läns Zeitung. Sie, rundlich wie ein Luftballon, in einem geblümten Kleid von der Sorte, wie man sie im Kaufhaus Domus in Trummelsberg findet.

Die Küche roch nach frisch gewaschenen Flickenteppichen und dünnem Kaffee und frisch gebackenem Brot, und sie begrüßten mich, als wäre meine Ankunft eine Selbstverständlichkeit.

– Ich bin auf der Suche nach einer Familie, sagte ich. Es sind Leute, die Carlsson heißen.

– Haben Sie ein Auto? Der Weg dorthin ist sicher nicht freigepflügt. Es ist denen seit ein paar Tagen sicher nicht besonders gut gegangen.

– Nein, ich bin mit dem Bus gekommen.

– Aha.

– Was fehlt denn den Carlssons?

– Ach, es ist wohl nichts Besonderes, aber er hat einen kaputten Rücken, der Carlsson.

Eine fette Katze kam am Boden entlanggeschlichen und sprang in die Sofaecke hinauf. Und das ganze Fensterbrett war tatsächlich vollgestellt mit Topfpflanzen, so liebevoll gepflegt wie Babies.

– Dürfen wir Sie zu einer Tasse Kaffee einladen?

Es war noch nicht sehr spät. Diesen Menschen war eine Mischung aus Neugier und Freundlichkeit eigen, die ganz unwiderstehlich war. Oder vielleicht spürten sie auch ganz einfach, daß ich das brauchte.

– Ja, eigentlich habe ich keine Zeit, aber das wäre natürlich sehr gut.

Ich heiße Herdin, sagte ich. Ich komme aus Trummelsberg. Es ist nämlich so, daß ich der Lehrer von einem der Carlssonbuben bin. Und heutzutage ist man der Ansicht, daß die Lehrer mindestens einmal im Schuljahr versuchen sollen, jeden Schüler zu Hause zu besuchen, wenn sie es schaffen, sagte ich.

– Soso, ja, zu unserer Zeit war das anders.

– Wie ist das eigentlich, sagte ich. Die Carlssons haben eine Art Werkstatt?

– Nein, das kann man wohl nicht sagen, sagte der Mann zögernd. Sie reparieren ein paar Autos und Traktoren, aber das tun meist die Jungens. Sie interessieren sich sehr für so was.

– Carlsson hat einen sehr bösen Rücken, fügte sie hinzu. Vor ein paar Jahren ist im Wald eine Kiefer auf ihn gefallen, und seitdem ist er meist krankgeschrieben.

Dann redeten wir ein bißchen davon, wie teuer alles zu werden begann, besonders Butter und Fleisch, und daß es mit einer Katastrophe enden würde, und von Buslinien, die eingezogen werden, und von Eisenbahnverbindungen, die stillgelegt werden, und wie kalt und gefährlich und rheumatisch es für alte Leute ist, auf spiegelglatten Straßen in der winterlichen Dunkelheit Moped zu fahren, und wir fragten uns, warum es so sein mußte.

Sie waren der Ansicht, daß die Amerikaner den Krieg in Vietnam hätten gewinnen müssen, wenn sie sich wirklich dafür stark gemacht hätten.

Ich erklärte ihnen, daß Vietnam tatsächlich viel größer sei, als die meisten annehmen.

– Asien lernen wir immer auf Karten mit kleinem Maßstab kennen, sagte ich.

Es kann nicht später als elf Uhr gewesen sein, als ich wieder in den glasklaren, windstillen Wintervormittag hinauskam. Die Sonne schien und warf ihre irrsinnig langen Schatten.

Ich arbeitete mich ein paar Wegbiegungen weit durch den Pulverschnee. Und dann lichtete sich der Wald, und da standen tatsächlich einige Häuser auf einem Hügel, mit schlecht geräumten Wegen und mit sehr wenig Farbe. Eins davon hatte übrigens überhaupt keine Farbe abbekommen, man hatte es grau werden lassen, so wie es war, und genauso war es mit dem Treppenaufgang.

Man hatte die Treppe zwar repariert, aber niemand hatte sich die Mühe gemacht, sie anzustreichen.

Ich hätte natürlich meine Zeit darauf verwenden sollen, darüber nachzudenken, was ich eigentlich sagen sollte, wenn ich dort hineinkäme, aber statt dessen dachte ich natürlich an etwas ganz anderes.

Ist Liebe überhaupt möglich in dieser Gesellschaft, in diesem Zeitalter? Und dieses weißhaarige alte Ehepaar in dem Häuschen dort unten, liebten sie einander? Wahrscheinlich nicht. Sie akzeptierten einander, der eine war bestimmt ganz unfähig, ohne den andern zu leben, sie waren bestimmt so vertraut miteinander, wie man mit einem alten Hund vertraut ist, wenn der eine von irgendeinem schwer beladenen Lastzug beim Mopedfahren in der winterlichen Dunkelheit überfahren würde, dann würde der andere ihn bestimmt nur um einige Wochen überleben. Aber ist das Liebe? Was ist Liebe? Wenn es sie nicht gibt, ja, dann müssen wir sie erfinden, nicht wahr?

Ein paar Autos oder Autowracks standen ganz verschneit neben dem Haus, und das Hauptgebäude mit dem ungestrichenen Treppenaufgang war gelb und ziemlich groß, und Rauch stieg daraus auf – ich meine natürlich: Rauch stieg aus dem Schornstein auf, und ich wurde beinah aufgefressen von zwei fürchterlich wütenden Bracken, die so ungestüm auf mich lossprangen, daß die Leinen, an die sie gelegt waren, ihnen eigentlich den Hals hätten brechen müssen.

Was ich als erstes sah, als die Augen sich an die Wärme und den Dunst in dem Zimmer gewöhnt hatten, war der kleine Carlsson, Lars Carlsson, der am Küchentisch saß und in einer Zeitung blätterte, so behutsam, als wäre es ein Weltatlas.

Jemand, es mußte die Mutter sein, fett, rundlich, mit sich selbst beschäftigt, in einer zerschlissenen blauen Kittelschürze mit roten Punkten, wie ich sie nicht mehr gesehen habe, seit meine eigene Mutter in den dreißiger Jahren solche Kittelschürzen trug, stand über einen ziemlich großen Waschkessel gebeugt, mitten am Sonntagvormittag. Ihre dunklen Haarsträhnen hingen so tief herunter, daß man ihr Gesicht nicht sah, und entweder pflegte sie sich nicht darum zu kümmern, wenn jemand zur Tür hereinkam oder hinausging, oder sie war ganz einfach taub, denn sie drehte nicht einmal den Kopf, um mich anzusehen.

In der Küche war es unangenehm warm und unangenehm feucht von dem Dunst aus dem Waschkessel, der sich an den Fenstern kristallisierte und bewirkte, daß die gelb gestrichenen Wände eine matte, gleichsam erstickte Oberfläche bekamen. Direkt über dem Küchentisch hing einer von diesen Wandkalendern, die manche Traktoren- und Baggerfirmen zu verteilen pflegen, mit flotten liegenden nackten Mädchen darauf.

Und auf dem Sofa neben dem Eßtisch lag jemand und schlief, das Gesicht mit einer anderen Zeitung bedeckt, es mußte der Expressen von gestern sein, mit großen Schlagzeilen über Schneeglätte und den Streik in Kiruna.

Und an der gegenüberliegenden Wand ein paar schmutzige Monteuranzüge an Nägeln und ganz überraschend ein Wandbehang, auf dem stand:

DIE VERHEISUNGEN KÖNNEN
NICHT TRÜGEN

Und es kam mir seltsam vor, daß man auf einem Wandbehang falsch buchstabieren kann, wo man doch so ungeheuer viel Zeit dazu hat, über das nachzudenken, was man stickt.

– Tag, sagte ich.

– Tag, sagte der Junge und sah auf.

Er schien nicht sehr überrascht zu sein, er hatte mich natürlich durchs Fenster gesehen.

– Tag, sagte der Vater und nahm die Zeitung vom Gesicht. Was wollen Sie?

Er hatte eine Nickelbrille, ein ziemlich feines, sehr müdes, mageres Gesicht, das rot war vom häufigen Aufenthalt im Freien, mit deutlich hervortretenden blauen Adern an der Nase. Vielleicht hatte er sie sich einmal erfroren.

Ich nahm einen von den gelben Stühlen.

– Ich bin also der Lehrer von Lars in Trummelsberg, sagte ich. Lars ist einer von meinen besten Schülern, besonders in Mathematik, sagte ich.

– Dann sind Sie also nicht gekommen, um sich über ihn zu beschweren, sagte der Vater mit einem kleinen Lachen, das nicht ganz echt klang.

– Nein, um Himmels willen, ganz und gar nicht. Ich dachte

nur, ich sollte hereinschauen, da ich nun mal grade in der Gegend unterwegs bin.

Ich hoffte, daß mich niemand fragen würde, warum ich denn dann den Bus genommen hätte.

Es wurde wieder still, und in diesem Augenblick kam der kleine Bruder des Jungen in die Küche getrapst, neugierig schnuppernd wie ein kleines Tier. Er mochte wohl so sieben oder acht Jahre alt sein, in einem viel zu großen Wollpullover, den er sich von einem seiner Geschwister geborgt hatte, und näherte sich mir zutraulich. Ich mochte ihn gleich gern. Hätten wir der gleichen Generation angehört, dann wären wir Freunde fürs Leben geworden.

Der Pullover und auch er selbst hatten einen undefinierbaren Geruch, so einen Geruch, wie man ihn bei einem kleinen, ziemlich ungewaschenen Jungen mit hellen Haaren finden kann, und aus dem einen Ärmel des Pullovers schaute eine kleine bräunliche Schnauze heraus, wie die einer Ratte, gelbe Schnurrhaare, zwei klare Rattenaugen, die mich musterten, und das Tier, was für eine Art Tier es nun war, guckte aus dem langen Pulloverärmel heraus, so daß es aussah, als hätte der Junge statt der Hand noch ein Schnäuzchen. Es war so spaßig und entwaffnend, daß ich einfach lachen mußte. Und vor allem deshalb, weil mir William Blakes Gedicht über den Tiger einfiel:

»Tyger! Tyger! burning bright
In the forests of the night«

Das Lachen breitete sich in der Küche aus, und der Junge zog das kleine Tier aus dem Ärmel und ließ es mich halten. Es blieb bereitwillig in meinen hohlen Händen liegen, zitterte aber leicht, und der Junge stand etwas schüchtern neben mir und strich dem Tier mit seinen schmutzigen kleinen Fingern über das Fell.

Er ist soweit, dachte ich. Er hat es geschafft. Um ihn braucht man sich keine Sorgen zu machen, er wird ein Mensch werden. Vielleicht ein bißchen derb und klobig, vielleicht schwer ausgebeutet, vielleicht vorzeitig pensioniert wegen eines allzu früh ruinierten Rückens. Vielleicht wird er als Achtzehnjähriger sterben, vielleicht wird er zuletzt als alter hoffnungsloser Mann im Aufenthaltsraum irgendeines Altersheims sitzen und in einen Spucknapf husten.

Aber das Wesentliche ist gelungen. Er ist draußen. Er ist frei. Er kann Liebe empfinden.

Und mit einem plötzlichen Schmerz im Zwerchfell erkannte ich, daß ich selbst im Alter dieses kleinen verschnupften Jungen niemals einen Goldhamster hätte haben können, so ein braunes und weiches und wehrloses kleines Tier, ohne es zu Tode zu quälen.

Nachdenklich und behutsam gab ich ihm das kleine Tier zurück, und er stopfte es schweigend wieder in den Pulloverärmel und verschwand die Treppe hinauf. All das war so schnell vorübergegangen wie eine Erscheinung.

– Ein netter kleiner Junge, sagte ich.

– Er ist ganz vernarrt in seine Tiere, sagte die Mutter.

– Sie haben keine eigenen Tiere, im Stall meine ich?

Der Vater sah mich an. Er hatte sehr müde, ganz leuchtend blaue Augen.

– Nein, wir haben nie welche gehabt.

– Es gibt einen Stall.

– Ja, es ist sicher fünfzehn Jahre her, daß er benutzt worden ist.

– Sie wohnen schon lange hier?

– Wir sind Ende der vierziger Jahre von Söderbärke hierhergezogen. Damals gab es ja hier ein Sägewerk. Aber das ist ja verschwunden.

– Sie haben ein paar tüchtige Jungens.

– Da haben Sie recht.

– Lars ist sehr tüchtig, besonders in meinem Fach, in Mathematik.

– Sein älterer Bruder war auch sehr gut im Rechnen.

Es beunruhigte mich, daß der Junge die ganze Zeit über dabeisaß und zuhörte. Nicht, weil wir etwas gesagt hätten, bei dem es irgendeine Rolle spielte, ob er es hörte. Es war ganz einfach sein aufmerksames Zuhören, das mich störte. Er brachte mich irgendwie in eine lächerliche Lage. Ich konnte nicht sein Lehrer sein und zugleich kameradschaftlich mit seinem Vater umgehen.

– Was ist denn aus ihm geworden, sagte ich.

– Er ist Hauptgefreiter beim 3. Panzerregiment gewesen.

– Und was macht er jetzt?

– Ja, das weiß ich wirklich nicht so genau.

Der Vater antwortete so rasch, daß ich fast befürchtete, ich hätte an einen wirklich wunden Punkt gerührt.

Ein richtig ernsthaftes Schweigen begann sich um den Tisch herum auszubreiten.

– Sie machen ein bißchen Autoreparaturen, wie ich sehe?

– Jaa, das ist nur zum Hausgebrauch.

– Da kommt jemand, sagte der Junge, der weiter in seiner Zeitung geblättert hatte, und sah aufmerksam zum Fenster hinaus.

– Es ist Claire, sagte die Mutter. Ich schaute von meiner Seite aus durchs Küchenfenster, sah aber nichts. Es begann schon zu dämmern. Mir fiel ein, daß ich wohl so allmählich den Bus zurück nehmen sollte.

Das Mädchen namens Claire kam ins Zimmer herein, ohne anzuklopfen. Sie trug einen Wollpullover, Jeans und eine Art Jacke mit einer Pelzkante, die nur lose mit einer Kordel zusammengeknotet war. Sie muß ungefähr siebzehn sein, dachte ich. Als sie die Mütze abnahm, floß ihr langes rotes Haar über die Schultern, und ich erkannte sie. Sie ging in die letzte Klasse, sie war mir auf dem Schulhof aufgefallen. Ich hatte einen Fünfkronenschein in eine FNL-Sammelbüchse gesteckt, mit der sie an einem Samstagnachmittag im letzten Winter auf dem Markt vor dem Kaufhaus Domus stand. Ich erinnerte mich daran, weil ich den Fünfer fallengelassen hatte und wir uns beide gleichzeitig danach gebückt hatten, so daß unsere Köpfe zusammengestoßen waren, ganz leicht.

Ich hatte mich oft gefragt, was sie wohl für eine war. Sie hatte ausgeprägte Gesichtszüge für ihr Alter, kurzsichtige Augen, die jetzt, als ich sie zum ersten Mal von nahem sah, ein bißchen lustig wirkten, und eine viel zu spitze Nase. Es war überhaupt etwas Lustiges an ihr, ich wußte, daß ich sie wiedererkennen würde.

– Guten Tag, sagte ich, schulmeisterhaft.

– Hallo, sagte sie.

Ich wurde ungeheuer, unsinnig wütend. Natürlich kannte sie mich von der Schule her, und ich fand schon, daß sie ein bißchen höflicher hätte sein können. Sie ließ sich in der Sofaecke nieder, wo Lars' Vater vorhin gelegen und geschlafen hatte, und strich sich das Haar aus der Stirn. Die Schneeflocken waren geschmolzen und hingen jetzt als klare Wassertröpfchen in dem roten Haar.

Dann begann sie auf eine so leise Art mit Lars zu sprechen, daß ich kein Wort verstand, und alle übrigen übersah sie völlig.

Demonstrativ nahm ich meinen Stuhl und setzte mich neben den Vater.

– Was ich noch sagen wollte, sagte ich, ja, der Junge ist so begabt, daß man ihn studieren lassen sollte.

– Meinen Sie wirklich, sagte der Vater.

– Ja, sagte ich.

– Mag sein, sagte er. Es wird ihn sicher niemand daran hindern, falls er das möchte, wenn es soweit ist.

– Nein, sagte ich. Was macht er in seiner Freizeit?

– Er steckt meist in der Werkstatt draußen. Er ist ganz fabelhaft im Reparieren von Motoren. Ich begreife einfach nicht, wie er das schafft.

Jetzt kümmerte sich niemand mehr um mich, und ich dachte: habe ich etwas Falsches gesagt, aber das hatte ich gar nicht. Sie ließen mich einfach links liegen. Ich gehörte nicht hierher.

ICH GEHÖRTE NICHT HIERHER.

Ich nahm mir eine Nummer der von der Konsumgenossenschaft herausgegebenen Zeitschrift ›Vi‹, die auf dem Sofa lag, und begann, darin herumzublättern. Patente Tips für Lampen und Reportagen über Angola. Fein, dachte ich, patente Reportagen und Lampentips, so macht man Nägel mit Köpfen. Ihre Lampe war alt, eine Kugel aus gelbem Glas, voll von toten Fliegen. ›Vi‹ lag zuoberst auf einem Stoß von alten Illustrierten. Auf dem Lande, im nördlichen Västmanland, kann man heute noch so mit den Leuten verkehren. Man setzt sich in eine Ecke ihres Sofas und blättert in ihren Illustrierten. Sie haben eine alte braune Uhr an der Wand, und man sagt niemals »er ist gestorben«, sondern »er ist totgegangen«, wenn irgendein alter Mann auf der Straße überfahren wird. Die Uhren im nördlichen Västmanland sind braun und groß, mit schwingenden Pendeln, sie wandern von Haus zu Haus, von einer Auktion zur andern, und sie ticken immer wie Totenkäfer.

Es gibt Reichstagsabgeordnete, Finanzminister, Provinziallandtagsräte, große Zeitungen, die im Namen dieser Leute sprechen, und sie haben nicht die geringste Ahnung, wovon sie sprechen. Es könnte ebensogut ein fremdes Volk sein, mit einer fremden Sprache und fremden Bräuchen: man sieht sie nicht.

Sie fallen langsam durch die Jahre, und man läßt sie fallen.

ES GIBT NIEMANDEN, DER DIE VERANTWORTUNG FÜR UNS ÜBERNÄHME. Das joviale Gesicht des Journalisten Lennart Hyland auf dem Fernsehschirm, der Frost, der die Fensterscheibe knacken läßt, die Einsamkeit um fünf Uhr früh an einem Wintermorgen, steigende Butterpreise, drei junge Burschen aus Norberg, die mit einem Kasten Bier auf dem Gepäckträger eines

Fahrrads erwischt werden, riesige Kiefern, die unter der Last von nassem Schnee umstürzen. Es gibt keinen Zusammenhang. Es treibt im Wind, es fällt, diese Fontäne von Leben plätschert durch die Jahrzehnte, die Illustrierten stapeln sich auf den Sofas, die Totenkäfer klopfen, die Seen frieren zu und tauen wieder auf, und lieblos leben wir und lieblos sterben wir. Und vielleicht wird der Junge eine Ausbildung machen und vielleicht auch nicht, und was auch immer er tut, ein glücklicheres Leben kann ich ihm nicht versprechen. ES GIBT NIEMANDEN, DER DIE VERANTWORTUNG FÜR UNS ÜBERNÄHME.

Es war in diesem Augenblick, genau in diesem, auf dem Grund eines Strudels, im Mittelpunkt eines Orkans von Einsamkeit, als ich etwas bemerkte.

DAS MÄDCHEN SASS DA UND SCHAUTE MICH INSGEHEIM AN.

Ich lächelte ihr zu. Sie lächelte zurück, mit einem unendlich zögernden Lächeln.

– Wollen Sie nach Trummelsberg, sagte sie. Der Bus geht bald.

– Willst du auch dahin?

– Nein, ich bleibe hier, sagte sie.

Hauptgefreiter und Freund, wir müssen miteinander ins Gespräch kommen! Ich bin nicht sicher, ob ich Dich gesehen habe, denn ich habe in meinem Leben so entsetzlich viele Hauptgefreite gesehen, daß ich sie nicht mehr so genau auseinanderhalten kann. Aber zugleich ist es ganz klar, daß ich Dich gesehen *habe.*

Das Königl. Södermanländische Panzerregiment hat Herbstmanöver, und der Wald dröhnt von Traktoren, die dabei sind, sich an den ihnen zugewiesenen Plätzen unter den Tarnnetzen zu gruppieren, und es stinkt nach nassen Wollsachen, Wollsachen, auf die es seit mehreren Tagen geregnet hat, und nach Dieselöl und nach nassem Wald mit einer Menge von ekligen Flechten wie Bärte an den Kiefernstämmen. Du selbst sitzt auf einem Baumstumpf und ißt gebratene Leber aus dem Deckel eines Kochgeschirrs, und es ist eine verdammt angebrannte Leber, aber das wagst Du dem Küchenchef nicht zu sagen, weil Du ihm noch fünfzehn Kronen vom Schafkopfspielen vorgestern abend schuldest, und außerdem würdest Du überhaupt nicht daran denken, Dich über eine solche Nebensächlichkeit wie eine angebrannte Leber zu beklagen. Und blauer Rauch liegt mittlerweile über den Baumstümpfen, wo Du sitzt. Und Du kneifst die Augen zusammen, die ein klein bißchen blutunterlaufen sind vom Absolut Reinen Branntwein und vom Kaminrauch, um zwei zusammengekrümmte Männer zu beobachten, zusammengekrümmt unter der Last von Kabelrollen, die grade zwanzig Meter von Dir entfernt eine Telephonleitung verlegen.

Und Du blinzelst mit den gleichen etwas blutunterlaufenen Augen zu dem niedrigen, dem bleigrauen, dem verfluchten Bleihimmel hinauf, der so dicht an Dich herankriecht, um zu sehen, ob der Regen vielleicht etwas nachlassen wird, so daß Du eine Chance bekommst, diese Socken zu wechseln, die schon seit Montag naß sind.

So kann ich Dich mir vorstellen, oder so: auf einem Baumstumpf im öffentlichen Park hockend, an einem Sommertag beim Königl. Uppländischen Regiment, wenn die ganze Bastei staubt unter den Kehrtwendungen der Exerzierenden, dem Antreten im Zugrahmen, den Märschen im Stechschritt und im Laufschritt, Robben, Antreten in Rotten, Übungen im Nachrücken. Wenn Du einer Schar von Rekruten die Pflichten eines Wachtpostens erklärst, die die ganze Zeit über höhnisch lächeln, weil Du, armer Teufel, *legimitieren* sagst statt *legitimieren*, und Du kannst nicht verstehen, warum zum Teufel sie so verflucht höhnisch lächeln, diese verdammten Rotzbengel.

Aber sieh mal an! Bald wird es regnen! Schon steigt eine ungeheure Gewitterwolke, blau wie die aristokratische Nase des Regimentskommandeurs, über den Sumpfwiesen hinten bei Föret auf, die Esse bei Ulleråker steht wie eine weiße Säule vor dem Dunkelblau, und das Kanzleigebäude wird rot und riesig und respekteinflößend mit seiner dreizüngigen Fahne ganz oben auf dem Dach. Und der Staub wird immer weißer, immer unheilverkündender, je mehr das Gewitter sich nähert. Jetzt mußt Du Dich aber sputen, wenn Du nicht zusammen mit der Truppe in einen Sturzregen geraten willst. Und darauf kann man sich verlassen, daß Du mit der Truppe im Sturzregen stehenbleiben und weiterreden wirst, nur um diesen Affen ein Beispiel dafür zu geben, wie ein richtiger Soldat sich verhält, obwohl es nichts gibt, was Du mehr verabscheust, als naß zu werden.

Paß auf, es blitzt schon am Horizont, und da kommen solche Windstöße, daß die dreizüngige Fahne auf dem Dach des Kanzleigebäudes die Luft leckt wie drei böse Drachenzungen. Die Luft ist voller Unruhe, und die Möwen schreien.

Und diese jungen Flegel, Scheißlandser mit Brillen auf der Nase und mit den affektierten Vokalen aus der Stockholmer Gegend, stehen einfach da und lächeln höhnisch über Dich. Und zuinnerst sind sie stolz darauf, daß sie Dir gegenüber so tolerant sind, weil sie Dir in den Pausen Zigaretten anbieten und Dir mit geheucheltem Interesse zuhören, wenn Du von den Orientierungsmärschen erzählst, bei denen Du die höchste Punktzahl erreicht hast, und von großen Explosionen, an deren Vorbereitung Du beteiligst warst.

Und natürlich finden sie Dich lächerlich, weil Du Dich für Orientierungsmärsche und für große Explosionen interessierst, und Du kannst Gift darauf nehmen, daß sie Dich Spreng-Heini oder irgendsowas Blödes nennen, Punkteschinder natürlich, wenn sie wieder in die Baracke gegangen sind.

Und zugleich suhlen sie sich förmlich in ihrer eigenen Vortrefflichkeit, ihrer *Volkstümlichkeit,* wie man sich vorstellen kann, weil sie Dich ertragen und mit Dir reden, obwohl Du keine Ansichten über die Russen und die Okkupation Ungarns hast oder über was auch immer man in diesem Sommer eine Ansicht haben soll.

Daß vielleicht im Grunde genommen Du es bist, der toleranter ist als sie, obwohl Du Deine Jugend auf Kasernenhöfen vergeudet hast und auf zweitausend verschiedenen häßlichen Baumstümpfen in dreihundert häßlichen, verregneten Manöverwäldern Konservenfraß gefuttert hast, wo der Dieselrauch der Traktoren zwischen den Bäumen hängt, das werden sie so bald nicht verstehen.

Tatsächlich könnte nichts auf der Welt Dich daran hindern, diesen jungen Schlappschwänzen zu befehlen, über den ganzen riesigen Exerzierplatz zur Baracke zurück zu *kriechen.* Du könntest sie ohne weiteres vor dem Mittagessen mit einem großen Rucksack eine Runde auf der großen Geländebahn laufen lassen. Das würde Dich beim Kompaniechef im Ansehen steigen lassen, der Dich ein bißchen schlapp findet. Aber es würde Dir niemals einfallen, so etwas zu tun.

Früh genug wirst Du mit diesen Knaben draußen auf dem Schießplatz in Håga das Werfen mit scharfen Handgranaten üben, und Du weißt aus Erfahrung, daß mindestens zwei oder drei von ihnen, wahrscheinlich vier oder fünf, sich ungefähr zu dem Zeitpunkt in die Hosen machen werden, wenn sie den Zünder eingeschraubt haben und Du den Sicherungsring über dem Zünder für sie herausgezogen hast.

Du könntest dann ohne weiteres hinterher die ganze Truppe zum Appell antreten lassen, der ganzen Truppe erzählen, welche von ihnen sich in die Hosen gemacht haben und welche nicht, und das Ganze als warnendes Beispiel dafür anführen, wie es einem gehen kann, wenn man sich einzureden versucht, man könne ohne physischen Mut leben. Aber auch dies würdest Du auf keinen Fall tun.

Das tut man ja nicht. Bei der Schießübung des Chefs im Winter wirst Du etwas maulend für einen dieser jungen Lümmel das Fertigmachen der Handgranate übernehmen, wenn er sich aufgrund von Zigarettenkonsum und übertriebenen Bumsereien und einem stark vernachlässigten Konditionstraining 500 m westlich des Wäldchens bei der Almungen-Kirche in eine Schneewehe setzt.

Du würdest niemals im Frack in der Schwedischen Akademie mit einer brennenden Kerze vor Dir sitzen und schöne Reden über den Humanismus und die Menschlichkeit halten können, das könnte ich schwören. Die Leute würden wahrhaftig laut loslachen, wenn Du es versuchtest, und Du würdest niemals über dieses entsetzliche Gelächter hinwegkommen, das aus der

Königl. Familie, dem versammelten diplomatischen Korps und dem ganzen literaturbeflissenen Östermalmspublikums aufsteigen würde, wenn Du die Hacken zusammenschlügest und »Ende« sagtest.

Du bist, kurz gesagt, ein Prolet, der noch dazu dieses heiße Eisen mit dem Militarismus angefaßt hat.

Denn ein Militarist bist Du ja. Fünf Jahre lang hast Du nichts anderes getan, als Kommandos zu brüllen, um drei Uhr nachts in Zelte hineinzurennen, die von qualmenden Petroleumlampen beleuchtet sind, mit Schneeklumpen auf den Schultern und nassem Schnee von einer Tanne im Kragen, um völlig verschlafenen Rekruten, die gehofft hatten, bis zum Morgen durchschlafen zu können, »fertigmachen zum Abmarsch!« zuzubrüllen, Du bist mit Kartentasche und Trillerpfeife auf Exerzierplätzen herumgelaufen und hast herumgeschimpft und bist an der Spitze des Zuges auf feuchten herbstlichen Wegen durchs nördliche Uppland geradelt und hast die Stellungen für die Feldposten eingeteilt und den richtigen Umgang mit der Panzerfaust demonstriert.

Aus Dir wird niemals ein befrackter Humanist werden, darüber sind wir uns im klaren, nicht wahr?

Das einzige, was noch fehlt, um Deinen Mangel an Humanismus ins rechte Licht zu rücken, ist natürlich ein Krieg. Weiß der Teufel, ob Du nicht zum Sergeanten befördert werden könntest, wenn es ein einigermaßen sportlicher Krieg wäre.

Du bist ja, verdammt noch mal, wie geschaffen dazu, »vorwärts marsch« zu brüllen und im Schneetreiben auf der Trillerpfeife zu blasen, während die Schrapnells an Dir vorbeisausen.

Ich kann mir Dich in massenhaft Situationen vorstellen, die sich alle mit derselben Eintönigkeit gleichen, weiß der Himmel, ob es nicht im Grunde immer dieselbe Situation ist, an die wir die ganze Zeit über denken:

Beispielsweise gleich hinter Tannenberg, Du weißt, die Schützengräben sind nicht mehr so besonders belebt, Kilometer für Kilometer fast nur noch Leichen, die mit Wasser durchtränkt sind und um die es meilenweit stinkt, und einige davon sind schon im Schlamm versunken, und all das ist bedeckt von einer schwirrenden, brummenden, summenden schwarzen Schicht von Schmeißfliegen, und wenn man einen von denen umdreht, die dort mit dem Rücken nach oben treiben (aber das sollte man nicht tun, wenn man nicht gegen Rattenbisse geimpft ist), und das bißchen vom Gesicht ansieht, was noch übrig ist, dann kann man sicher sein, daß Du es bist.

Beispielsweise früh am Morgen, Du weißt, wenn Du über den Rand des Schützengrabens bei Verdun kletterst, wo in diesem Moment grade dreihundert Leute pro Minute draufgehen, und Du bringst Deinen ganzen Zug mit über den Rand und dreißig Meter weiter durch den Schlamm, eine phantastische Leistung, bevor ein hartnäckiges Maschinengewehr Euch abfängt und Euch alle drankriegt.

Stalingrad, Du weißt, es ist eine Frostnacht mit uralten Sternen am Himmel über der gezackten Ruine von etwas, das früher einmal eine Traktorenfabrik gewesen ist, und Du bist nur ein Paket, ein sehr hartes tiefgefrorenes Paket in einer Ecke dieser Ruine, und das Paket liegt einfach da und ist hart, und die Sterne leuchten mit ihrem uralten Glanz. Du bist so viele Male gestorben, daß Du ruhig noch ein paar millionenmal sterben kannst. Du bist daran gewöhnt, von Fliegen aufgefressen zu werden, daß Fliegen Dich fressen, ist genaugenommen völlig in Ordnung. Das Proletariat ist daran gewöhnt, dorthin geschickt zu werden, wo es sich nützlich macht, gewöhnt, aufgefressen zu werden. Es würde Dir niemals in den Sinn kommen, darüber nachzugrübeln. Grübeln, das tun nur langhaarige Typen mit schlechter Kondition.

Sieh mal einer an! Es scheint, als würde das Gewitter auch diesmal an uns vorbeiziehen, und jetzt ist die Dritte Kompanie mit ihren Strohsäcken von Rekruten im Zugrahmen angetreten, und der Himmel über dem Kanzleigebäude beginnt blau zu werden.

He, Hauptgefreiter! Wir haben es auch diesmal wieder geschafft! Hab' ich's nicht gesagt? Daß wir es schaffen würden? Aber klar! Alter Junge!

Wir schaffen es immer.

Teufel auch! Kommt da nicht das leibhaftige Musikkorps des Königl. Uppländischen Regiments und stellt sich an dem Dreiecksplatz auf! Sie wollen natürlich für die Hauptwache üben.

Jetzt werdet Ihr was zu hören kriegen, Leute! Beethovens Zapfenstreich Nummer 3. Das kann sich hören lassen, mit Posaunen, Trompeten und Zimbeln.

Stell Dir vor, von der Entwicklung des preußischen Militärmusikkorps könnte ich Dir eine ganze Menge erzählen, Hauptgefreiter! Weißt Du zum Beispiel, woher dieses Glockenspiel stammt? Nein, das weißt Du nicht. Und Du weißt auch nicht, daß diese Pauken, die so dröhnen, daß es von den Kasernenwänden widerhallt, und die Zimbeln aus der türkischen Musik stammen.

(Das Osmanische Reich, das ist schon was, der gleiche Schliff in den Polizeirevieren von Jaffa bis Zagreb, und dieser zähe kleine Teufelskerl Lawrence hockt in der Wüste über seinem famosen Zündapparat und bekommt fast eine Zehe abgeschlagen, als ein halbierter Lokführer und ein dreihundert Kilo schweres Lokomotivrad zwischen seinen Füßen landen. Die anatolischen Bauernrekruten hatten es wahrlich nicht ganz leicht zur Zeit des Beduinenkorps, aber wer zum Teufel hat denn auch gesagt, daß anatolische Bauernrekruten es leicht haben sollten, wenn sie sich aufmachen, um in einem Truppentransportzug von Jaffa nach Deraa zu fahren?)

Wo war ich stehengeblieben?

Ach ja, die türkische Musik im preußischen Militärmusikkorps. Der Orient mitten in Europa, das ist es. Was zum Teufel hat denn der Orient mitten in Europa zu suchen?

Und wann ist übrigens der Dudelsack verschwunden, um diesem scheußlichen türkischen Glockenspiel Platz zu machen?

Bei Lützen hat es noch Dudelsäcke gegeben, verdammt noch mal. Wo sind sie hin? Sind sie etwa verlorengegangen?

Was zum Teufel hat man aus unseren Dudelsäcken gemacht?

Ich finde, Du müßtest eine Notiz auf gutem Papier schreiben und sie in dieses demokratische Wunschkästchen im Inneren des Kanzleigebäudes werfen. Der Dudelsack muß wieder bei der Militärmusik eingeführt werden. Das ist doch klar, zum Teufel, klar wie Kloßbrühe!

Wir leben doch schließlich in einem demokratischen Land, nicht wahr! Wir haben doch mindestens genauso viele Renten- und Krankenversicherungen wie die Leute zur Zeit Bismarks!

Und Du, Hauptgefreiter, Freund und Hauptgefreiter, bist doch kein gräßlicher Militarist, das weiß ich genausogut wie Du. Du bist Sozialdemokrat. Was zum Teufel solltest Du sonst sein? Vielleicht Mitglied der Zentrumspartei? O nein! Du glaubst an den Fortschritt, genau wie ich auch, an den maßvollen Fortschritt natürlich, aber jedenfalls an den Fortschritt, und es würde Dir nicht einfallen, abfällig über das Königtum zu reden. Und natürlich würde es Dir ebensowenig einfallen, die Sozialdemokraten auf irgendeine Weise schlechtzumachen, wir haben ja schließlich nur die eine Sozialdemokratie, nicht wahr?

Sind in den sechziger Jahren die Gefreitengehälter etwa nicht gestiegen?

Meint vielleicht jemand, sie hätten mit Hilfe von *Kambodschademonstrationen* erhöht werden können!

Verzeih mir, Hauptgefreiter. Wir fangen noch einmal an. Wir geben nicht auf.

Ich habe mit den besten Vorsätzen angefangen. Ich habe wirklich nicht *gewollt,* daß es sich so anhört, aber jetzt hört es sich jedenfalls so an.

Du bist es, der am meisten weiß. Du bist es, der am geduldigsten ist. Du bist es, der die Erfahrung hat.

Ich werde niemals so erfahren sein wie Du. Denk nur an die Schießübung des Chefs im Jahre 1955, als sich das halbe Bataillon die Gesichter erfror, nur weil es dem Regimentsarzt Wibbling Spaß machte, ein Experiment durchzuführen.

Er selbst fuhr ja im Auto.

Für mich ist es leicht, dazusitzen und darüber zu schimpfen, daß Du so verflucht geduldig bist, ohne Deine Erfahrung zu haben.

Das Verfluchte daran ist nur, daß ich das Gefühl habe, es sei ganz unmöglich, einen Unterschied zu machen zwischen dem, was Deine Stärke ist, und dem, was Deine Schwäche ist. Deine Tugenden sind Deine Laster, Deine Geduld ist Dein Verhängnis, Deine Erfahrung macht Dich dumm und klug zugleich. Du bist stark, furchtbar stark, und bei all Deiner Stärke bist Du ein verdammter Holzklotz. Jawohl, das bist Du, ein verdammter Holzklotz!

Du brauchst Dir übrigens gar nicht einzubilden, daß ich für mein Teil feige wäre. Du hättest mich 1968 in Paris sehen sollen (wenn ich 1968 in Paris dabeigewesen wäre). Wenn ich mich recht erinnere, hast Du in jenem Sommer mitgeholfen, die Funkverbindung der Polizei vor dem Präsidium sicherzustellen. Zusätzlicher Verdienst, natürlich. Ins Unendliche sind die Gefreitengehälter nicht gestiegen.

Entschuldige bitte vielmals. Wir fangen noch einmal an. Wir müssen wieder ins Gespräch kommen, verstehst Du.

Es handelt sich also darum, was wir mit Deinem nächstjüngeren Bruder anfangen sollen. Du hast ihn bestimmt nicht vergessen, obwohl Du erheblich älter bist. Und der Kleinste, der ist ja ein Nachkömmling, das arme Kerlchen, und der Goldhamster spitzt rührend aus dem Ärmel seines abgetragenen Pullovers heraus, und noch weiß er nicht, ob er ein Kind ist oder ein Mann, er weiß überhaupt nicht das geringste bißchen und hat keine Ahnung davon, was noch vor ihm liegt.

Nun ist es so, verstehst Du, Hauptgefreiter:

Gott weiß, wie es sich zugetragen hat. Aber irgendein schlaues kleines Gen von einem Knecht, der Ende des achtzehnten Jahrhunderts im Berger Sprengel gehängt worden ist, hat sich an der richtigen Stelle, genau an der richtigen Stelle, über das Gen einer freundlichen Zigeunerin aus der Gegend von Moheda gelegt, die im Jahre 1810 gestorben ist, und das sind zwei Karten im Kartenspiel, die nicht gerade oft in derselben Hand zusammenkommen. Aber das Phantastische ist, daß ein langer Lulatsch von einem Riesenmolekül seiner Mutter, gewunden wie ein Korkenzieher und so inhaltsreich wie die Königliche Universitätsbibliothek in Uppsala, zufällig ein kleines Gen von einem Schreiner in Haggars enthielt, der ziemlich jung gestorben ist und bis nach Norberg hin als etwas wunderlich bekannt war. Und als diese Karte mit ins Blatt kam, verstehst Du, da war es keine gewöhnliche Pokerhand mehr.

Kurz gesagt, ein verflixt glücklicher oder verflixt unglücklicher Zufall hat den Jungen mit einem Gehirn ausgestattet, das es ihm ermöglicht, komplexe Zahlen zusammenzusetzen und auseinanderzunehmen, als wären sie Spielsachen für kleine Kinder. Wo Du und ich nur Dunkelheit sehen, eine Spirale, die sich in den gewaltigen Galaxien der Zahlenwelt verliert, da sieht er klar wie am hellichten Tag. Es braucht nicht viel, nur ein paar vernünftige Lehrbücher, bis er es selbst kapiert.

Und dann fängt es an!

Wo Abel aufgehört hat, und Gauss.

Ich frage Dich, denn irgend etwas sagt mir, daß Du ihn nicht im Stich lassen wirst. Was zum Teufel sollen wir bloß tun?

Man wird ihn benutzen. Aber wozu? Man wird ihn loben, ihn eitel und hochmütig machen. Man wird ihm keine Chance geben, sich wie andere Menschen zu entwickeln. Man wird ihn einsam werden lassen, kühl und egozentrisch. Man wird ihn im Stich lassen.

Wenn jemand etwas für ihn tun kann, dann bist Du es, und möglicherweise ich, denn mit seinen Eltern, die auch Deine Eltern sind, kann man, ehrlich gesagt, kaum rechnen. Sie haben aufgegeben, schon vor sehr langer Zeit, sie glauben nicht daran, daß irgendwas auf der ganzen Welt verändert werden wird.

Du mußt mich verstehen. Ich habe Angst. Du fragst, wovor ich Angst hätte. Ich weiß nicht so genau.

Es hängt damit zusammen, *daß man das Licht in seinen Augen auslöschen wird.*

Hauptgefreiter, schreib mir, gib mir einen Rat. Wir müssen uns um Deinen Bruder kümmern, nicht um der Mathematik willen, sondern um des Menschen willen.

Wir müssen zur Tat schreiten. Zu den Waffen, Hauptgefreiter!

Die Schönheit, das einzige, was besteht

Die Schönheit. Die Schönheit ist das einzige, was besteht, dachte ich.

Alles übrige geht nur kaputt. Alles übrige, das sind nur häßliche Würstchenbuden, Dunkelheit, Pappschnee, Tage, die kommen, und Tage, die gehen, Gipsgesichter auf dem Fernsehschirm, die uns weiszumachen versuchen, daß alles in Ordnung sei, während die Risse sich unter unsern Füßen erweitern, harte kalte Gewalt, schallendes Gelächter und das Lachen der Dämonen, Gleichgültigkeit und Frost, Frost, Frost ... Aber in Gesualdos Messen, in Monteverdis Madrigalen, da ist etwas, eine Art von Gold, das alles Gold wertlos macht, und das ist das einzige, was wirklich ist, das einzige, was besteht.

Arvidsson vom Trummelsberger Lokalblatt, fett und verdrossen, sitzt wie üblich an den Tagen, an denen die Zeitung erscheint, in der letzten halben Stunde, in der noch Alkohol ausgeschenkt wird, in der Kneipe.

Ich sage zu ihm, daß die Schönheit das einzige ist, was besteht, und er wird nur wütend und behauptet, ich würde Scheiße quatschen. Ich mache den Vorschlag, daß er etwas über das Vorgehen des Direktors gegen die Trummelsberger FNL-Gruppe schreiben soll – neuerdings hat er den Schülern verboten, in ihrer Freizeit mit Sammelbüchsen auf dem Markt zu stehen, weil das angeblich den Verkehr im Zentrum behindert, das hat er schwarz auf weiß vom Polizeipräsidenten –, und da fragt er mich, ob ich auch so einer sei.

Ich frage ihn, was er mit auch so einer meine.

Es zeigt sich, daß er nicht besonders gut zu erklären versteht, was er mit auch so einer meint.

Ich sage ihm, daß ich sehr bürgerlich sei: ich glaubte, daß die Schönheit das einzige sei, was besteht.

Er wird so zornig, daß er Aufsehen erregt, und sagt, er habe eigentlich immer schon den Verdacht gehabt, daß ich auch so einer sei.

Ich sage ihm, daß er mir immer noch nicht richtig klargemacht habe, was er am meisten haßt, die Schönheit oder die FNL-Bewegung.

Wenn er so weitermacht, wird bald der Portier kommen und uns in die dunkle Winternacht hinauswerfen, der Oberkellner umkreist schon unseren Tisch. Ich sehe Arvidsson an: das Gesicht ist fett, aufgedunsen, rot vom Schnaps, die kleinen mißmutigen Augen sind blutunterlaufen, schwere Säcke unter den Augen. Er ist bemitleidenswert. Warum zum Teufel soll ich mich mit ihm anlegen? Dann zanken wir uns noch ein Weilchen, aber zurückhaltender, da dem Oberkellner sich geräuspert hat, und es endet damit, daß ich seine Rechnung bezahlen muß, um ihn wieder aufzuheitern. Es ist teuer, sich Ansichten zu leisten, sagt Arvidsson und lacht mir ins Gesicht. Vermutlich hat er recht. Auf jeden Fall müßte er darin Erfahrung haben.

Das Firmenzeichen aus Neonröhren oben auf dem Verwaltungshochhaus des Hüttenwerks, ein rotes »H«, drehte sich langsam in dem dichten Schneegestöber, vor der Upplandsbank an der Würstchenbude summte es von Mopeds, ein Haufen von Jugendlichen war grade aus der Spätvorstellung des Kinos gekommen, und da stand natürlich auch Lars Carlsson zusammen mit dem Mädchen namens Claire. Sie trug irgendeine alberne, völlig idiotische Jacke aus Schafsfell und hatte eine grüne Zipfelmütze auf dem Kopf, und beide nickten mir zu, und ich nickte zurück. Und auf dem ganzen Heimweg kam es mir sonderbar vor, welche Fähigkeit diese beiden hatten, mir Flöhe ins Ohr zu setzen.

Die Schönheit ist das einzige, was besteht.

Erst kürzlich begann es mir aufzugehen, wie sonderbar einsam ich bin. Da ist nur Ingrid, mit ihren Turnvereinen und Korbballmannschaften. Mein Vater ist tot. Meine Mutter sehe ich selten. Seit meiner Studienzeit habe ich kaum mehr jemand von meiner Verwandtschaft gesehen. Es ist schon lange her, seit Onkel Knutte starb. Ich hatte den Plan, über Weihnachten zu verreisen, aber es wird mir bewußt, daß ich nicht wüßte, wohin. Nach Stockholm fahren und in Konzerte gehen? Wozu denn? Wintersport? Aber hier gibt es doch auch Schnee, massenhaft Schnee.

Daran ist nichts Eigenbrötlerisches oder besonders Originelles. Die Verhältnisse im modernen Schweden laden nicht dazu ein, Beziehungen zur Verwandtschaft zu unterhalten.

Ich werde mich mit meinen Platten und meinen Büchern einschließen, und Ingrid, dieses langbeinige, kühle Biest, wird auch nicht hier sein, denn solange ich sie kenne, besteht sie darauf, an Weihnachten immer zu ihrer Mutter zu fahren.

In der letzten Lehrerkonferenz hat es sich ein wenig zugespitzt. Die Geschichte mit der FNL-Gruppe wurde von den alten Drachen Hoflund und Petrén aufs Tapet gebracht, die es zu einer Frage der Sittlichkeit erklären wollten, wenn Jugendliche gegen den Massenmord an Frauen und Kindern protestieren, der in Erdteilen geschieht, die noch nicht mit Frieden und Wohlstand und gesicherter Vollbeschäftigung gesegnet sind.

Ich brachte es fertig, mich ausnahmsweise mal ein bißchen aufzuraffen, und sagte, Völkermord sei auch nicht grade besonders sittlich, und wer das Protokoll der Geschichte durchblätterte, der würde ja sehen, wer recht hätte, die Jugendlichen oder die Weibsbilder Petrén & Co., allerdings in etwas höflicheren Worten, leider, und daß ich im wesentlichen der Auffassung sei, die Jugend könnte ihre Freizeit zu schlimmeren Dingen benutzen als dazu, gegen die Verbrennung von Frauen und Säuglingen mit Napalmbomben zu protestieren.

Nicht besonders mutig. Ich bin fest angestellt, außerdem kümmert sich sowieso niemand so recht darum, was ich sage.

Der Direktor beachtete mich überhaupt nicht und ging dazu über, von den Mopeddiebstählen auf dem Schulhof zu reden. Sie schienen ihm Sorgen zu machen. Er hatte wieder eine Besprechung mit dem Polizeipräsidenten gehabt. Er scheint dauernd Besprechungen mit dem Polizeipräsidenten zu haben.

– Früher wurden pro Schuljahr zwei bis drei Mopeds gestohlen. Jetzt haben die Diebstähle einen geradezu serienmäßigen Umfang angenommen, ich weiß einfach nicht mehr, was ich dagegen unternehmen soll. Wir können das nicht zulassen. Ich überlege mir, ob ich nicht im nächsten Halbjahr Lehrer zur Bewachung abkommandieren soll (er benutzt gern solche Wörter wie »abkommandieren«), dann wollen wir sehen, ob wir dem nicht ein Ende machen können.

– Wäre es nicht einfacher, den Schülern zu verbieten, mit Mopeds zur Schule zu kommen, schlug jemand vor.

– Das ist bei diesen Entfernungen nicht zu verantworten, sagte ein anderer.

– Das würde unter Umständen größere Anforderungen an die kommunalen Beförderungsmittel für die Schüler stellen, sagte der Direktor. Die finanzielle Lage der Gemeinde ist nicht danach, daß sie das verkraften könnte, so wie die Dinge heute stehen.

– Wieviele sind denn weggekommen, sagte ich.

– Zweiunddreißig in einem Halbjahr.

– Da ist natürlich eine Bande am Werk, sagte das Weibsbild Petrén.

– Sie verschwinden gewöhnlich um die Mittagszeit, wenn die Schüler in der Schulkantine sind, sagte der Direktor.

– Wenn es eine Bande ist, sagte ich, müßten die Mopeds ja irgendwo wieder auftauchen.

– Sie brauchen sie nicht am gleichen Ort zu verkaufen, sagte der Direktor.

– Außerdem kann es nicht unsere Aufgabe sein, Kriminalrätsel zu lösen, sagte Andreasson.

Am Montag kam der Junge nicht.

Ach ja, übrigens doch, ich habe mich getäuscht. Er kam, aber nur ganz kurz, um zu sagen, daß er eigentlich keine Zeit hätte. Mit seinem Vater war irgendwas los, es war offenbar sehr schlimm geworden mit seinem Rücken, und er mußte so schnell wie möglich nach Hause, um zu helfen.

Und obwohl der Junge es eilig hatte, oder vielleicht grade deshalb, entdeckte ich, daß wir zum ersten Mal miteinander reden konnten.

– Verstehst du, sagte ich, ich weiß nicht recht, wozu das führen kann, daß ich angefangen habe, dir Unterricht zu geben. Aber es kommt selten vor, daß man einen so begabten Schüler hat, und ich habe Spaß daran. Ich habe mir gedacht, daß wir jetzt in den Weihnachtsferien die Gelegenheit wahrnehmen sollten, ein paar Dinge durchzugehen. Ich hoffe nur, daß du das nicht allzu langweilig findest.

Er dachte gründlich nach, bevor er antwortete.

– Ich finde das prima. Aber ich weiß nicht recht, zu was es gut sein soll.

Er sah mir mit seinen blauen Plattfischaugen starr in die Augen. Es fiel mir auf, wie alt, fast uralt sie wirkten. Sie hätten ebensogut zu einem Reptil gehören können wie zu einem Menschen.

– Es gibt nicht viel, was du sinnvoll findest, sagte ich.

– Ich weiß nicht, wieso sinnvoll? Nein, das finde ich übrigens nicht.

– Du wirst älter werden. Nicht alles wird so sein wie jetzt.

Vieles kann sich ändern, sagte ich. Wir wissen sehr wenig über die Zukunft.

– Das weiß ich, sagte er.

– Wie ist Claire, sagte ich. Ist sie in Ordnung?

– Sie ist schüchtern, sagte er.

– Die meisten Leute hier in der Gegend sind schüchtern, sagte ich.

– Sie versucht, es zu überwinden.

– Sie ist nicht schüchterner als andre auch, sagte ich.

– Aber Sie haben doch nur ein einziges Mal mit ihr geredet.

– So, hab' ich das, sagte ich.

– Sie kommt aus Virsbo, sagte er.

– Sie scheint ein nettes Mädchen zu sein, sagte ich.

Gib gut auf sie acht. Geh behutsam mit ihr um.

– Ich muß jetzt gehen, sagte er.

Es wurde ein seltsames, ein verworrenes Weihnachtsfest. Noch heute fällt es mir ziemlich schwer, Klarheit hineinzubringen, und jetzt ist es wohl zu spät. Ja. Es ist zu spät.

Es fiel Schnee, der Streikführer Luspa sprach im Fernsehen, und es fiel mir auf, daß der Streik in Kiruna irgendwie den Tonfall der Streikenden verändert hatte. Sie hatten keine Lust mehr, ihre Arbeiterrolle zu spielen. Sie redeten mit erwachsener und entschlossener Stimme.

Es fiel also Schnee, ungeheuer viel Schnee eigentlich, die Bauern kamen in ihren Felljacken mit kleinen scharfen Beilen aus den Wäldern und begannen, auf dem Markt im Zentrum Christbäume zu verkaufen, ein betrunkener Kerl stand vor dem Spirituosenladen und gröhlte, auf einem Parkplatz droschen zwei hysterische Frauen mit Plastikkörben aufeinander ein.

Und die sechziger Jahre gingen ihrem Ende zu. Das konnte mir gleich sein. Nach dem Wehrdienst hatte ich den Doktor der Mathematik gemacht und meine Kenntnisse über die Madrigale der Renaissance und über den Krieg in Vietnam und über Südamerika mit Hilfe einiger Paperbacks vertieft. Das war alles. Ich gehörte nicht der Geschichte an.

Am Abend vor Heiligabend saß ich da und sah hinaus auf die geparkten Autos im dichten Schneetreiben draußen auf der Straße. Die Kirchenglocken läuteten aus irgendeinem Grund den halben Abend lang, in den Fenstern der Mietshäuser leuchtete es von den Tannen und Adventssternen. Kurt Gödel verkündete hartnäckig in einem Aufsatz aus dem Bücherregal, daß es in jedem bestehenden algebraischen System einige Sätze geben müsse, die sich nicht innerhalb des Systems beweisen ließen.

Um neun Uhr abends klingelte das Telephon. Das kommt bei mir zu Hause ziemlich selten vor, und wenn es vorkommt, dann ist es Ingrid oder es sind irgendwelche Eltern oder einmal im Vierteljahr der Maler Ebbeling, der über das Leben reden will.

Es war keiner von ihnen.

Es war das Mädchen namens Claire. Sie war so schüchtern, und es fiel ihr so schwer, am Telephon zu reden, daß ich eine ganze Weile brauchte, bis ich endlich kapierte, wer es war.

– Na so was, Claire, sagte ich. Wie nett, daß du anrufst!

– Ich mache mir solche Sorgen, sagte sie.

– Warum denn, sagte ich.

– Lars ist verschwunden. Er ist gestern abend nicht heimgekommen.

– Er war doch bei mir und wollte so schnell wie möglich nach Hause fahren, um zu helfen, sagte ich. Bist du sicher, daß er nicht heimgekommen ist? Hast du bei ihm zu Hause nachgesehen?

– Da habe ich ja auf ihn gewartet, sagte sie, mit einer Stimme voller Verzweiflung.

– Wir wollen die Ruhe bewahren, Claire, sagte ich. Es braucht ja kein Unglück passiert zu sein. Vielleicht hat er in Trummelsberg übernachtet, bei irgendwelchen Bekannten.

– Ich kann mir nicht vorstellen, wer das sein sollte, sagte sie.

Sie rief von einer Telephonzelle aus an, man konnte sie nicht zurückrufen. Wir machten aus, daß ich bei der Polizei anrufen und nachfragen würde, ob irgendein Verkehrsunfall passiert wäre. Sie würde in zwanzig Minuten wieder anrufen. Ich konnte sie mir vorstellen, verfroren und voller Angst vor der Telephonzelle herumstapfend, und das gab mir ein schreckliches Gefühl davon, wie furchtbar leid einem alle Menschen tun könnten.

Ich rief die Polizei an, und es dauerte eine Weile, bis ich mit der richtigen Dienststelle verbunden wurde. (Ich habe das Gefühl, daß man heutzutage in den Telephonzentralen die Leute länger warten läßt als früher, aber das ist vielleicht nur eine paranoische Vorstellung.)

Schließlich erwischte ich jemanden, dessen Aufgabe es war, über diese Dinge Bescheid zu wissen, und soweit es der Polizei in Fagersta bekannt war, war kein Junge dieses Namens verletzt oder getötet oder gefunden worden. Es klang fast, als nähmen sie es mir übel, daß ich auf so einen Gedanken kommen konnte.

Sie rief wieder an, wie sie gesagt hatte, aber erst eineinhalb Stunden später.

– Ist er wieder aufgetaucht?

– Ja. Ich weiß, wo er ist. Er lebt.

– Wo ist er denn?

– Das spielt doch keine Rolle.

– O.K., sagte ich. Schau doch irgendwann mal hier vorbei.

– Ja, sagte sie.

Ich hatte das Gefühl, wir würden uns plötzlich ungeheuer gut verstehen. Ich lag lange wach und konnte nicht einschlafen, als wäre ich ganz einfach viel zu müde, um die Schwelle des Schlafs zu überqueren. Ungewohntes Gelächter und Stimmen waren draußen auf der Straße zu hören. So kurz vor Weihnachten waren natürlich ungewöhnlich viele Leute unterwegs. Zwei Lastzüge waren von der Straße abgekommen, die Fahrer waren nur geringfügig verletzt, ein Volkswagenbus war mit einem Auto mit zwei betrunkenen Jugendlichen frontal zusammengestoßen, vier Personen waren gestorben.

Aber um Lars Carlsson brauchte man sich, wie gesagt, keine Sorgen zu machen.

Ich wachte spät am Vormittag auf. Draußen begann es schon hell zu werden, der Horizont war ganz rot.

Große Schwärme von Möwen kamen angeflogen und schwebten über die Felder hin, und es war mir unverständlich, woher sie in solchen Mengen gekommen sein konnten, sie mußten weither vom Mälaren kommen. Sie kreisten über den Dächern wie unselige Geister.

Ich hatte das Gefühl, mich von einem Kreis zum anderen zu bewegen, oder als bewegten wir uns alle von einem Kreis zum andern.

Verschiedene Umstände hatten dazu geführt, daß ich am Weihnachtsabend ganz allein war. Die sechziger Jahre waren abgelaufen, die Weihnachtsglocken dröhnten, es leuchtete in den Christbäumen, die Möwen kreisten wohl immer noch in der Dunkelheit dort oben, und nach und nach begann Onkel Sven im Radioprogramm Weihnachtstänze mit den Kindern zu tanzen, und ich ließ mich unter meiner alten gelben Stehlampe nieder (leicht angesengter Schirm aus pergamentartigem Papier, ich erinnere mich, wie ich als Junge dazuliegen und in ihn hinaufzusehen pflegte, besonders, wenn ich ein schlechtes Gewissen hatte, weil ich fand, ich hätte irgendwas Dummes gemacht), und nach und nach wurde es ein bißchen lustiger, denn ich fand meine Flasche Gordons Dry Gin, die ich schon Ende November gekauft hatte, und ich weiß nicht, wieviele Entschlüsse ich in ziemlich kurzer Zeit zu fassen wußte, wie ich etwas an meinem Leben zu ändern versuchen wollte.

Ich holte mir Papier und Bleistift und beschloß, meine Briefsammlung zu vermehren. Es kam wenigstens einer zustande, an Ingrid.

Und die ganze Zeit über führte der ältliche Onkel Sven die Weihnachtstänze im Radio an.

Sie machten einen Höllenlärm, der Onkel und die Kinder.

Brief an eine siebenunddreißigjährige Lehrerin
für Englisch und Schwedisch,
geschrieben am Weihnachtsabend 1969

Ingrid, liebe Freundin
ich frage mich, womit Du wohl grade beschäftigt sein magst?

Wenn ich richtig geraten habe, tust Du nichts Komplizierteres, als daheim bei Deiner Mutter in ihrem Reihenhaus Weihnachtsgrütze zu essen. Sie ist natürlich viel zu senil, um den angebrannten Geruch zu bemerken, und Dir ist natürlich viel zu sehr zum Weinen zumute, um ein Aufhebens davon zu machen.

Deshalb, weil dieser etwas milde, fast jesushafte Geschmack der Weihnachtsgrütze (und des Ingwers und der lauwarmen Milch) Dich natürlich schon um dreißig Jahre zurückversetzt hat, in die Zeit Deines idealen Alters von sieben Jahren, und Du bist bestimmt nicht gewillt, diesen Zustand so schnell wieder vorübergehen zu lassen.

Die Sentimentalität ist, davon bin ich überzeugt, unter allen Umständen die Mutter der Empfindungslosigkeit, und ich wüßte nicht, warum Du die Ausnahme von dieser Regel bilden solltest. Folglich bist Du zu diesem Zeitpunkt viel zu aufgewühlt und zu sentimental, um zu schmecken, daß sie angebrannt ist.

Was für ein Ton, sagst Du. Was für ein gräßlicher Ton! Und das nur, weil ich versuche, aufrichtig zu Dir zu sein!

Das Leben ist unter allen Umständen eine Hölle. Und nicht zuletzt deshalb, weil es von Lüge durchdrungen ist, und jetzt möchte ich wenigstens ein paar Wahrheiten sagen.

Das Leben ist ja nicht nur eine Hölle. Es ist auch überbevölkert. Genau das: überbevölkert.

Erinnerungen! Photoalben, Seite für Seite, Zeugnishefte, in denen die Noten von bereits emeritierten Professoren eingetragen sind, Wehrpässe mit zweifelhaften Dienstzeugnissen, zweifelhaft deshalb, meine ich, weil sie nicht eben viel über die wirkliche Persönlichkeit ihres Besitzers aussagen, Pässe mit blauen Anilinstempeln von verschiedenen Ferienorten, an denen man gewesen ist, ohne daß eigentlich etwas besonders Interessantes passiert wäre. Ideologien, die versucht haben, einen zu überreden, Mädchen, mit denen man geschlafen hat, und Mädchen, mit denen man nie hat schlafen dürfen oder mit denen zu schlafen man nicht die geringste Lust gehabt hat, Blamagen, die man erlebt hat und die man nicht vergessen kann. Und diese Gewißheit, daß man betrogen worden ist, ohne recht zu wissen, um was man betrogen worden ist. Die müßtest Du doch wenigstens wiedererkennen.

Naja, mag es sein, wie es will, ein bißchen solltest Du doch immerhin selbst nachdenken. Ich glaube nicht, daß Du, ein gescheites und kühles und auf Väter fixiertes Mädchen, besonders lange nachzudenken brauchst, um zu erkennen, daß das Verhältnis zwischen uns eine einzige große Lüge ist.

Daß Du samstags hierherzukommen und mit mir zu schlafen pflegst, wenn nicht grade Weihnachtsabend ist, weil es Dir da natürlich viel wichtiger ist, mit Deiner Mutter zusammenzusitzen und zu schluchzen und Weihnachtsgrütze zu essen, das kann man ja verstehen.

Daß Du also an gewöhnlichen Samstagen, das heißt an solchen, an denen nicht Weihnachtsabend ist, hierherzukommen und mit mir zu schlafen und am Vormittag darauf mit mir in der freien Natur spazierenzugehen pflegst, wenn Du nicht grade aus irgendeinem Grund eingeschnappt bist, das finde ich richtig und gut, ja, wirklich nett von Dir.

Ich habe unter anderem den Verdacht, daß Du das einzige bist, was mich davon trennt, in einer totalen sexuellen Hölle zu leben, denn ich kann eigentlich nicht besonders gut mit Mädchen umgehen und habe es eigentlich noch nie gekonnt. Und nach diesem Brief – tja.

Nein, es ist etwas anderes. Wir tun so, als seien wir miteinander vertraut, wir tun so, als hätten wir »viel miteinander gemein«. Und das ist ja gelogen. Wir wissen nichts voneinander, außer daß wir eine gewisse (mittelmäßige?) erotische Anziehungskraft zueinander spüren und daß wir in derselben Schule arbeiten.

Aber diese Dinge sind doch um Gottes willen im Grunde völlig uninteressant. Belanglos. Wieviel Leute kann es nicht am gleichen Arbeitsplatz geben? Von wievielen Leuten kann man sich nicht im Laufe eines Tages erotisch angezogen fühlen? Ich für mein Teil kann kein Konzertpublikum von dreihundert Personen sehen, ohne das Gefühl zu haben, daß es darunter mindestens dreißig Damen gibt, mit denen ich gern schlafen würde, und ich sehe keinen Grund dafür, warum es all den andern Leuten nicht genauso gehen sollte.

Was ich damit meine, ist, daß Du mich im Stich läßt. Du kümmerst Dich einen Dreck darum, wie ich mich eigentlich fühle, wer ich eigentlich bin und wohin ich eigentlich unterwegs bin, das interessiert Dich nicht für fünf Pfennig.

Für Dich bin ich eine Schablone, der Liebhaber, der Kumpel, vielleicht gradezu der Junge, das Kind, ein Gegenstand, eine Sache, genau das bin ich, ein Dingsbums, eine Affäre, eine Geschichte. Aber ich bin fest davon überzeugt, wenn ich Dich wirklich brauchte, wenn es für mich eine Frage auf Leben und Tod wäre, ob Du da bist, und wenn dieser Tod oder dieses Leben Dich auch nur das Geringste kosten würden, dann würdest Du keinen Finger rühren, um mir zu helfen.

Ich habe, bei Gott, nie gesagt, daß ich Dich liebe. Und Du würdest, bei Gott, nie auf die Idee kommen zu sagen, daß Du mich liebst.

Wenn ich eine Frau liebte, dann wäre sie für mich Erde, lichte Dämmerung, blauer Rauch, Heimstatt, Heimatland, Wiege, Meer, ich weiß nicht was alles. Und selbstverständlich verlangt kein Mensch, und ich zuallerletzt, daß Du etwas Derartiges für mich sein solltest.

Und ich weiß nicht einmal, ob eine solche Liebe möglich ist in der Zeit, in der wir leben, die unter allen Umständen eine Zeit der Vorbehalte, der feuchten Strümpfe, des Angstschweißes, des Pappschnees ist.

Aber Du mußt verstehen, liebe Freundin, so darf eine Beziehung zwischen zwei Menschen einfach nicht sein. Es ist nicht etwa so, daß ich irgendwie sauer auf Dich wäre, es ist nichts, was Du gesagt oder getan hast, es ist keineswegs so, daß ich Dich sexuell weniger befriedigend fände als damals vor ein paar Jahren, als wir uns kennenlernten: Du bist, um die Wahrheit zu sagen, besser und besser geworden.

Es ist nur so, daß ich mir plötzlich darüber klargeworden bin, daß ich ein eigenes Leben brauche, ein richtiges Leben, oder wie man das nun nennen soll.

Und es ist nicht möglich, ein eigenes Leben zu leben, wenn man nach dem Vorbild sexueller Aufklärungsartikel miteinander schläft. Denn die wollen uns etwas verkaufen. Uns weismachen, daß es »Befriedigung« sei, was wir brauchen.

Ich werde nicht mehr auf diesen alten Streit über den vaginalen Orgasmus zurückkommen, das verspreche ich Dir. Laß mich nur zum millionsten Mal feststellen, daß es ihn gibt, daß es all die Leute gibt, die nahe darangewesen sind, und daß in dieser unserer Gesellschaft eine Propaganda im Gang ist, die darauf hinauswill, daß es ihn nicht gibt. Und das kommt daher, weil man uns hereinlegen will. Man will uns weismachen, die Liebe sei eine Ware, die sich organisieren ließe, genau wie sich auch fast alles übrige in dieser Gesellschaft organisieren läßt.

Aber sie läßt sich nicht organisieren. Nichts läßt sich organisieren.

Du verstehst schon: Was ich zu sagen versuche, ist, daß ich Dich nicht mehr sehen möchte, und das liegt keineswegs daran, daß ich Dich nicht leiden könnte oder daß ich gemein zu Dir sein wollte.

Es ist nur so, daß ich mir nutzlos, dumm, idiotisch, blöd vorkomme, sobald ich an Dich denke.

Man organisiert nichts mehr. Die Zeit des Organisierens ist vorbei. Jetzt ist die Zeit der Wahrheit gekommen. Die Menschen müssen anfangen, einander ernst zu nehmen.

Folglich müssen sie damit beginnen, sich selber ernst zu nehmen.

Das Leben ist natürlich unter allen Umständen eine Hölle. Und überbevölkert, wie verdammt überbevölkert es ist.

Stell Dir nur vor: Mütter, Vaterland, Väter!

Große schreckliche Väter, die kleine ängstliche Mädchen anschreien, wenn sie am Mittagstisch aufs Tischtuch kleckern.

Wer zum Teufel kann es wagen, es mit solch einem Vater aufzunehmen?

Wie jämmerlich müssen nicht all die gewöhnlichen netten kleinen Männer, denen man in den nächsten vierzig Jahren begegnet, im Vergleich mit so einem richtig schneidigen Grobian erscheinen!

Und Muttis! Und das Vaterland!

Das Vaterland, zum Beispiel. Das ist Schweden, und es ist plötzlich so verflucht *fremd* geworden. Ist Dir das aufgefallen?

Zugewachsene Äcker, auf denen Tannen in ordentlichen Reihen stehen, Bahnhöfe, an denen die Züge nicht mehr halten, Schotterstraßen, auf denen alte Waldarbeiter mit der Nase durch den Kies pflügen, wenn sie auf ihren Mopeds eingeschlafen sind, Fernsehkameras, die die Märkte abschwenken und nach besoffenen Finnen und Rauschgiftgesindel Ausschau halten. Finanzminister Sträng auf dem Fernsehschirm, der uns erklärt, wieviel er für uns getan hat, während die Slums wachsen und die Oberschicht auswandert. Schweden, das ist unser kleiner Prinz, der mittlerweile gelernt hat, wie ein richtiger Generaldirektor oder Reserveleutnant zu sprechen, mit tiefer und männlicher Stimme.

Schweden, das ist eine Schlägerei auf einem Schulhof im November, Freundin.

Und vor allem, Freundin, ist Schweden eine Mutti. Und die Muttis, die verändern sich auch mit den Jahren. Sie sind ganz einfach nicht mehr das, was sie einmal waren, das ist die schlichte Wahrheit. Siehst Du.

Man ist auf der Suche nach der guten alten Mutti, und man bekommt ein angebranntes Pappzeug von einer Weihnachtsgrütze, das überhaupt keine Ähnlichkeit hat mit dieser wunderbaren, sanften, feinen weißen, die man bekam, als man klein war.

Und eine ganze Weile lang versucht man, sich selbst etwas vorzumachen und sich einzureden, das sei doch wohl egal und man habe sich nur selbst ein wenig verändert,

und dann dreht sie sich um, wie sie da am Küchenherd steht, das Frauenzimmer, die Mutter, und es zeigt sich, daß sie keineswegs das ist, wofür Du sie hieltest,

denn statt des starken Windes über blauem Eis, statt der rauschenden Wälder und des sanften Rauchs, der im Mai durch die Gärten zieht, ist da etwas anderes, da steht die widerlichste Hexe, mit herunterhängenden Haarsträhnen und grinsenden Hauern und einer entsetzlichen, aufgelösten, syphilitischen Nase

und grinst Dich höhnisch an

da weißt Du, was los ist, was die Stunde geschlagen hat. Es gibt keine Muttis. Es gibt kein Heimatland mehr.

Und darum, liebe Freundin, sollst Du einsehen, ganz ruhig und freundlich und ohne Dich zu sträuben, daß es jetzt an der Zeit ist, einen Dreck auf das zu geben, womit wir uns bisher beschäftigt haben

(surge)

die netten lauen Gespräche, die netten kleinen Spaziergänge im netten Neuschnee, der nette Sternenhimmel über den netten verlassenen Straßen und Märkten, die netten kleinen Schlangen vor den Abendzeitungsständen, das nette kleine Geknatter der Mopeds an der Ecke bei der Post

(surge, das bedeutet steh auf)

die netten kleinen Erzählungen von Deinem Vati, wie lustig er war, und was er dann gemacht hat und was er dann gemacht hat, die netten Abendspaziergänge, wenn man Dich zum Handball begleitet und Dich danach wieder abholt

(surge, amica mea, das bedeutet also, steh auf, meine Freundin, das ist das Hohe Lied)

die nette Nichtigkeit, die nette Hoffungslosigkeit, die nette Selbstverachtung, der nette Winter, die nette Nettigkeit

Iam hiems transiit
(Bald ist der Winter vorbei)
imber abiit et recessit.
(nun hat es sich bald ausgeregnet für diesmal.)
Surge, amica mea, et veni
(Steh auf, liebe Freundin, und komm)

aber nicht mit mir, nicht mit mir, nicht mit mir.
Denn ich gehe woanders hin.

TOD DEN VATIS
TOD DEN MUTTIS
TOD DEN VATERLÄNDERN

Surge

Die Ruhe vor dem Sturm: die Guten nahen

Es vergingen ein paar Tage, die so ruhig waren, daß ich noch heute nicht weiß, womit ich mich beschäftigt habe, der erste Weihnachtstag, der zweite und der dritte Weihnachtstag.

Doch, ich erinnere mich: am dritten Weihnachtstag ging ich ins Zentrum, es hatte aufgehört zu schneien, es war kalt und klar, und es war kein Kunststück, einen Tisch im Speisesaal des Stadthotels zu bekommen. Genaugenommen waren außer meinem eigenen nur zwei Tische besetzt. Irgendeine Gruppe von Leuten, die mit dem Auto gekommen waren und an einem der größten Tische saßen und johlten und lachten, undefinierbare Leute, die ich in keiner Weise einordnen konnte, ein wenig lässig elegant und mit einem dämlichen Jargon. Das waren wahrscheinlich Stockholmer, die auf dem Rückweg aus dem Norden waren. Heutzutage ist es populär, Weihnachten in einer Pension zu feiern. Es wurde mir bewußt, daß ich eigentlich keine Leute mag, die lachen.

Der andere Gast war ganz allein. Er war einer von denen, die ich brauchen würde, aber das wußte ich damals noch nicht. Die Guten sind selten leicht zu erkennen, sie tauchen auf, wenn sich ernstlich was zusammenbraut, sie sind da mit ihrer diskreten Anwesenheit. Aber sie überlassen es uns selbst, sie zu entdecken.

Er saß, gedrungen, breit und fett an einem einsamen Tisch mitten im Speisesaal. Er hatte noch nichts weiter als sein Helles und seinen Schnaps serviert bekommen und wartete offenbar geduldig darauf, daß auch das Essen käme, um dann mit gutem Gewissen den Schnaps kippen zu können. Ein Luftzug von dem großen Ventilator an der Decke, der sich dort aus irgendeinem mysteriösen Grund dreht, als wäre es ein Hotel in den Tropen, fächelte ein bißchen in seinem großen roten Schnurrbart.

Ich war grade feierlich an das große kalte Buffet getreten und hatte begonnen, mir von den verschiedenen Sorten von eingelegten Heringen zu nehmen, als ich eine Stimme hinter mir hörte. Sie lag irgendwo zwischen erstem Baß und Bariton, und es war genau die Art von Stimme, die unbezahlbar ist, wenn es darauf ankommt, die Damen in der Taxizentrale zu verführen, weil man einen Wagen haben will, obwohl eigentlich kein Wagen abkömmlich ist. Warm, klar, mit einer Art von sanft beschwörender Modulation, Gott weiß, ob diese Stimme nicht auf einer Schallplatte millionenfach hätte verkauft werden können.

– Heda, Putte!

– Ich heiße nicht Putte, brüllte ich zurück, da ich ein wenig gekränkt war. Obwohl ich der erste wäre, es abzustreiten, wenn das jemand in einer Diskussion behaupten würde, so halte ich doch ziemlich auf Formen. Besonders wie hier im Speisesaal eines Hotels. Ich mag es nicht, wenn Leute mich ansehen. Man soll sich nicht aufspielen.

Aber die andere Gruppe war so sehr mit ihren infantilen Scherzen beschäftigt und jetzt beim dritten Schnaps dermaßen in ihre eigene Lustigkeit vertieft, daß nur eine Bombe sie hätte aus der Ruhe bringen können.

– Ich nenne alle Leute Putte, die ich nicht kenne, rief er zurück. Obwohl er das nicht besonders laut rief, hatte seine Stimme eine solche Tragkraft, daß es in einem der Kristallüster des Speisesaals ganz leicht klirrte und ein Prisma sich unstet hin und her bewegte.

Der Kellner begann schon herüberzuschauen.

Wie auch immer, aus irgendeinem Grund ging ich zu seinem Tisch hinüber, um ihn mir etwas näher anzuschauen. In dieser Stimme war irgend etwas, dem man einfach nicht widerstehen konnte.

– Wenn das so ist, sagte ich, gedenke ich dich ebenfalls Putte zu nennen.

– Ja, das ist ganz recht so, sagte er. Das tun alle meine Bekannten, obwohl ich eigentlich Peter heiße. Sie nennen mich Putte Jonsson.

– Ich heiße Herdin.

– Guten Tag, Putte Herdin, hör mal, willst du dich nicht hierher setzen? Das hat doch keinen Sinn, da drüben zu sitzen und zu schmollen.

– Ich sitz' doch nicht da und schmolle.

– Das seh' ich doch, daß du dasitzt und schmollst.

– Und was ist mit dir? Wohnst du hier im Hotel?

– Ich wohne oft hier. Ich verkaufe Traktoren für die landwirtschaftliche Genossenschaft vom Bezirk Norrköping. Ich bin mindestens viermal im Jahr hier und werbe für meine Traktoren.

– Geht das eigentlich gut, am dritten Weihnachtstag in Trummelsberg Traktoren zu verkaufen?

Er überlegte gründlich, schluckte noch einen Bissen von dem Lachsbrot herunter, betrachtete mißvergnügt das leere Schnapsglas und sagte dann nachdenklich:

– Es ist ein bißchen leer und traurig geworden daheim. Meine Dackelhündin hat im Herbst ein bißchen komisch zu laufen angefangen. Ich dachte, es wäre nicht so schlimm, ab und zu passieren ihnen ja irgendwelche Sachen. Aber der ganze Rücken war kaputt. Ein paar Tage vor Weihnachten mußte ich sie töten. Ich bin so daran gewöhnt, sie in der Wohnung herumtrapsen zu hören, daß ich es nicht mehr ausgehalten habe, morgens in aller Frühe in meinem Bett zu liegen und auf Pfötchen zu horchen, die nicht mehr da waren. Kann man denn in diesem Lokal nicht endlich einen neuen Schnaps bestellen?

– Ich verstehe, sagte ich, ohne ganz sicher zu sein, daß ich wirklich verstanden hatte.

– Und dieser Dackel, sagte ich vorsichtig, der war also das einzige, was du gehabt hast?

– Aber nein, sagte Putte. Was ist das für ein sentimentaler Quatsch? Ich habe eine Frau und vier Kinder. Aber die Kinder haben Abitur gemacht und den Magister der Philosophie und sind verlobt und unter der Haube und schon lange fortgezogen zu einer Filiale der Kugellagerfabrik in Valparaiso. Und meine Frau ist zu einer Tante gefahren, die todkrank ist.

Ich wäre grade an diesem Weihnachtsfest mit dem Dackel allein geblieben. Begreifst du jetzt?

– Nein, sagte ich offenherzig. Du sagst doch, der Dackel sei tot.

– Wenn ich sage »mit dem Dackel allein«, dann meine ich damit, daß ich nicht dasitzen und mich nach dem Geräusch der Pfoten auf dem Linoleum sehnen möchte. Ist der Kellner nach Hause gegangen, oder kann man vielleicht doch noch einen Schnaps in diesem Lokal kriegen?

– Wie ist es denn, Traktoren zu verkaufen?

– Es ist schon leichter gegangen. Die Leute haben kein Geld mehr. Ich nenne gewöhnlich die Bauern auch Putte. Sie sind entzückt darüber.

– Tatsächlich?

– Heutzutage kommt so selten jemand vorbei und spricht mit ihnen. Nur wenn sie zur Bank fahren und über ihre Kredite reden, dann sprechen sie mit Leuten.

Wir saßen eine Weile stumm da. Die Lichter an dem großen, dürren Weihnachtsbaum in Speisesaal funkelten matt. Draußen im Vorzimmer spielte jemand hektisch an diesem blöden Apparat an der Wand herum, mit dem man sein Reaktionsvermögen testen kann. Der Kellner mit dem Schnaps ließ sich unendlich viel Zeit. Er war es nicht gewöhnt, daß jemand es eilig hatte, und wir hatten es auch nicht eilig.

Draußen hatte es aufgehört zu schneien.

Schließlich bekamen wir unsere Schnäpse. Der, der darauf bestand, sich Putte zu nennen, wandte sich mir vertraulich zu und sagte:

– Jetzt glaube ich oft, daß ich ein beinah vollkommen glücklicher Mensch bin.

– Wie meinst du das, um Gottes willen, sagte ich.

– Die Kinder sind erwachsen. Ich kann mich meiner Frau widmen, wir können wieder tun, was wir wollen.

– Das muß schön sein, sagte ich.

– Klasse.

Und 1966 habe ich mir einen Mercedes für nur zwölftausend gekauft, ziemlich alt. Ich mußte die vorderen Kotflügel auswechseln, das habe ich selbst gemacht. Und dann habe ich ein paar Buchsen erneuert. Und einen von den Sitzen habe ich ausgetauscht gegen einen, den ich in einer alten Garage gefunden hab. Damals hatte er zweihunderttausend oder dreihunderttausend Kilometer drauf. Man kann es auf dem Zähler nicht sehen. Seitdem bin ich bestimmt noch mal zweihunderttausend gefahren.

Ich hörte ihm zu wie verhext. Ich hatte so etwas noch nie erlebt. Er konnte über Spiegeleier reden oder über Dieselantrieb bei Autos oder über was auch immer, und es klang wie die tiefste Weisheit. Kein Wort durfte mir entgehen. Manchmal glaube ich, daß alle Weisheit aus dem *Inneren* des Menschen kommt, daß nichts, ich sage nichts und ich meine nichts, sich in Worten ausdrücken läßt.

– Dieselantrieb, verstehst du, das ist das einzig Wahre. Das macht einen Unterschied von zwei- oder dreitausend Kronen im Jahr.

– Ich für mein Teil habe noch nie einen Wagen gehabt, weil ich eigentlich nicht wüßte, wohin ich fahren sollte.

– Verstehst du, fast alles, was ich für den Wagen ausgegeben hab', habe ich wieder hereingekriegt.

– Wie denn das?

– Durch Reisespesen.

– Ach ja, das ist klar.

Wer Traktoren verkauft, bekommt natürlich Reisespesen.

– Das war wirklich ein phantastisches Jahr.

– Welches Jahr?

– 1966 natürlich. 1966 lief alles unwahrscheinlich gut. Es fing damit an, daß ich eine Tante, die Schwester meines Vaters, ausfindig machte, von der ich gar nicht gewußt hatte, daß es sie gab. Meine Verwandtschaftsverhältnisse sind ein bißchen kompliziert, verstehst du. Meinem Vater zum Beispiel bin ich nie begegnet.

Sie wohnte in Skåne. Anfang Mai, oder war es Anfang Juni, ich hatte grade diesen Wagen in Ordnung gebracht, jedenfalls war Pfingsten. Und da fuhren wir bis nach Skåne hinunter und besuchten die Tante.

Sie hatte ein schönes altes Haus am Meer, überall duftete es nach Apfelblüten. Wir saßen auf ihrer Veranda und sprachen über meinen Vater, den ich nie gesehen habe, und über die Verwandtschaft meines Vaters. Es war phantastisch, verstehst du, ganz phantastisch.

Als wir da saßen, meine Frau und ich, entdeckten wir, daß dies etwas Schönes war, daß es der Anfang von etwas Neuem war: jetzt fängt das Leben noch einmal an, du verstehst, was ich meine.

– Ich verstehe genau, was du meinst, sagte ich. Seit drei oder vier Tagen habe ich selbst das gleiche Gefühl.

Es ist sonderbar, wenn wir leben wie gewöhnlich, haben wir überhaupt nicht das Gefühl, daß wir auf eine andere Art leben könnten, und wenn dann so ein Tag kommt, wo man fühlt, jetzt kann ich auf eine andere Art zu leben anfangen, ja, dann kann man es einfach nicht fassen, warum man nicht schon die ganze Zeit auf eine andere Art gelebt hat. Was hindert uns eigentlich daran?

Das war die längste Äußerung, die ich seit mehreren Wochen getan hatte.

– Dann kamen wir wieder hin, mehrere Male. Die Tante ist 1968 gestorben, hat mir aber das Haus vermacht, und ich benutze es als Sommerhäuschen. Im Herbst und im Frühjahr fahre ich oft übers Wochenende hinunter. Im Herbst grabe ich die Erde um die Apfelbäume herum auf und so was, du weißt schon.

– Das klingt schön.

– Unheimlich schön.

Jetzt glaube ich, daß ich ein vollkommen glücklicher Mensch bin.

– Ich wünschte, ich könnte dasselbe sagen, sagte ich.

– Dann bist du also nicht besonders glücklich?

– Das ist ein bißchen schwer zu erklären. Ich kriege sozusagen kein Bein auf die Erde.

Aber um die Wahrheit zu sagen, in den letzten Tagen ist es mir schon etwas besser gegangen.

– Wieso denn? Hast du im Lotto gewonnen?

– Nein. Aber ich habe etwas gefunden, für das ich mich interessieren kann. Das muntert mich auf..

– Ansonsten findest du es beschissen?

– Ich finde es nicht schön, in Trummelsberg zu wohnen. Ich hatte ein Mädchen, aber mit dem mag ich mich nicht mehr treffen. Das einzige, woraus ich mir wirklich etwas mache, ist Musik, oder das einzige, woraus ich mir bis vor kurzem wirklich etwas gemacht habe, war Musik. Jetzt gibt es noch etwas, woraus ich mir etwas zu machen begonnen habe. Ich weiß nicht, wie das gehen wird, aber ich habe beschlossen, für eine Weile ich selbst zu sein, und das bin ich so selten gewesen, daß es mir vorkommt, als würde ich einem völlig fremden Menschen begegnen.

– Was willst du denn nun anfangen?

– Ich will herausfinden, ob es die Liebe gibt.

– Natürlich gibt es sie.

– Da bin ich nicht so sicher.

Wir schwiegen eine Weile. Dann sagte ich:

– Ich finde, daß die Gesellschaft beschissen ist, daß es eine brutale, kalte und vor allem verlogene Gesellschaft ist, die Humanität und Anteilnahme heuchelt, während in Wirklichkeit kein Mensch auch nur in einer einzigen Sekunde seines Lebens das Gefühl hat, daß jemand für ihn oder für sie Verantwortung übernimmt. Eine Lügengesellschaft, in der eigentlich nur eines passiert, daß nämlich Menschen immer mehr ausgebeutet werden.

– Aber Geld hast du doch wohl.

– Das ist es nicht. Es geht darum, daß niemand eine Verwendung für mich hat. Ich bin hier ...

(Dieses letzte muß ich herausgeschrien haben, denn da war nicht einer von den drei Kellnern, der nicht mißbilligend zu mir herübergeschaut hätte. Die lärmende Runde dagegen schien keinen einzigen Laut gehört zu haben).

Ich bin hier. Es ist nichts Besonderes an mir, aber auf alle Fälle bin ich hier, mit all meinen Sinnen, mit der Erfindungsgabe, der Schläue, der Sensibilität, die ich habe, mit der Wärme und Nettigkeit, die ich aufbringen kann – und dies wird natürlich immer weniger, je mehr Zeit vergeht –, und niemand nimmt mich in Anspruch, niemand hat eine Verwendung für mich. Ich verleihe meine Kenntnisse in der Mathematik. Das ist alles. Das ist das einzige, was ich zu verkaufen habe.

Und nicht einmal der Teufel selbst kann mir sagen, was ich mit dem übrigen anfangen soll.

Aber jetzt – ja, weiß der Teufel, was passieren wird, denn jetzt haben die Dinge sich zu verändern begonnen. Es weht irgendwie ein schärferer Wind, verstehst du, ich sehe die Risse im Lügengewebe.

Putte dachte angestrengt nach. Dann sagte er in seinem freundlichen, etwas lässigen Stockholmer Dialekt (und der ließ mich an etwas denken, was früher einmal in den Stimmen meiner Onkel gewesen war):

– Hör mal, du bist völlig fertig. Du mußt es erstmal mit der Ruhe nehmen. Du darfst nichts überstürzen.

– Ich habe nicht gesagt, daß ich vorhabe, hinzugehen und mich aufzuhängen, sagte ich. Ganz im Gegenteil. Was ich sage, ist, daß ich anfange, die Risse im Gewebe zu sehen.

Hier wurden wir dadurch unterbrochen, daß einer der Herren am anderen Tisch seiner Tischdame in den Schoß kotzte. Es gab ein großes Hallo, und der Oberkellner kam mit Putzeimer und Lappen herbei, aber aufwischen mußte einer von den Kellnern. Es müssen Stammgäste gewesen sein, denn niemand machte Miene, jemanden rausschmeißen zu wollen. Ganz im Gegenteil. Man nahm es ziemlich gelassen hin.

– Hör mal, Putte, sagte Putte.

– Ja, sagte ich.

– Diese Sache mit dem Sex, man denkt doch kaum mehr an was anderes, oder?

– Ja, das kommt wohl drauf an. In meiner Schule hatte ich einen nazistischen Deutschlehrer, der immer behauptete, an das Sexuelle dächte man nur, wenn man sich nicht genug im Freien aufhalten und zu wenig Sport treiben würde.

– Der wußte sicher nicht viel vom Leben.

– Ich sage ja, daß er ein Nazi war. Ein verdammter Schuft.

– Aber warum sind alle Leute so vollkommen wahnsinnig mit dieser Sache beschäftigt? Warum spielt sie eine so ungeheure Rolle?

– Aber das ist doch nicht so erstaunlich?

– Verstehst du, ich habe allmählich den Verdacht, daß sich die Leute da hineinflüchten, weil sie nicht wissen, wo sie sonst hinsollen.

Und ich tat alles, um zu verbergen, daß ich von seiner Idee eigentlich ziemlich ergriffen war.

Die Ozeane der Verworrenheit in mir kamen sozusagen für einen Augenblick ins Schwappen.

Dann wurden wir immer betrunkener und betrunkener und fingen an, einander alle möglichen absonderlichen Geschichten zu erzählen.

Putte Jonsson war einmal sehr verdutzt gewesen, als er an einem regnerischen Augustabend mit der U-Bahn zwischen den Stationen Hötorget und Medborgarplatsen unterwegs war. Es waren ziemlich viele Leute in der Bahn.

Ein Mädchen mit schönem dunklen Haar hatte ganz nah neben ihm gestanden und sich an der Haltestange festgehalten, und er hatte sich auch mit einer Hand an der Stange festgehalten, so nah an ihrem Haar, daß er die Wärme davon spüren konnte. Und er hatte vorsichtig die Hand näher und näher herangerückt. Und einen Augenblick bevor sie ausstieg hatte sie ganz einfach die Wange an seine Hand gelehnt, freundlich und völlig ohne Furcht, hatte die Wange einen Augenblick lang an seiner Hand gerieben und war dann einfach ausgestiegen.

Ihr Gesicht hatte er gar nicht gesehen.

Wieder kamen und gingen ein paar vollkommen ereignislose Tage. Nicht einmal Zeitungen gab es, in denen man etwas über den Bergwerkstreik und über irgendwelche Berühmtheiten hätte lesen können.

Ein spanisches Flugzeug stürzte über dem Stockholmer Flughafen Arlanda ab, und es brauchte fast einen ganzen Tag, bis jemand dort hinauskam, um sich der zum größten Teil toten oder erfrorenen Insassen anzunehmen.

Es fiel wieder Schnee. Es begann, richtig kalt zu werden.

Ich half meinem Hauswirt mit dem Schneeschippen, damit er wenigstens seinen alten Wagen aus der Garage herausbekommen konnte. Er wollte über Neujahr mit seiner Familie zum Skilaufen in irgendeine Hütte im Sälenfjäll fahren, die ein Bekannter ihm zur Verfügung gestellt hatte.

Ich überlegte mir ernstlich, ob ich nicht im Stadthotel anrufen und nachfragen sollte, ob Putte Jonsson noch da wäre. Aber ich machte es nicht.

Es waren nicht mehr viele Tage übrig von den sechziger Jahren. Sie gingen ihrem Ende entgegen. Ich sah mich jeden Morgen feierlich im Spiegel an und sagte zu mir selbst: mein Ziel muß es sein, jetzt wie früher, die nächste Woche zu überleben, die nächste Woche, die nächste Woche.

Wir fangen noch einmal an. Wir geben nicht auf.

Wer in Trummelsberg spazierengehen will, muß sehr viel Phantasie haben, denn es gibt nur zwei Richtungen, in die man gehen kann; die Straße hinab oder die Straße hinauf. Ich spazierte an verschiedenen Tagen in beide Richtungen, und es sah genauso aus, wie man hätte erwarten können, daß es aussehen würde.

Am Tag vor Silvester, vormittags um elf Uhr herum, hatte ich grade einen Spaziergang beendet, diesmal die Straße hinunter, war heimgekommen und hatte den ziemlich zerfressenen Kessel auf den Herd gestellt, als die Dinge ins Rollen kamen.

Es war die letzte richtig ruhige halbe Stunde in meinem Leben, und sie würde mir nicht fehlen, wenn ich mein Leben noch einmal leben könnte.

Kaum hatte das Wasser zu kochen begonnen, als es an der Tür klingelte. Da stand das Mädchen, das Claire hieß. Sie blieb auf der Schwelle stehen, war außer Atem und die Backen waren rot, sie hatte irgendeine blöde Sportjacke aus Plastik an, mit einem imitierten Pelzkragen. Heute sah sie viel jünger aus. Wir sahen einander an und wußten schon Bescheid über alles, was geschehen war, und alles, was geschehen würde.

– Wie nett, daß du hergekommen bist, sagte ich. Komm herein, ich habe grade Teewasser aufgestellt.

Sie trat sehr zögernd über die Schwelle. Ich hätte fast Lust gehabt, sie zu fragen, wovor zum Teufel sie sich denn fürchtete. Bildet sie sich vielleicht ein, ich würde Mädchen aus der Parallelklasse von der, in der ich Klassenlehrer bin, zu verführen versuchen. Dann irrt sich sich.

– Komm herein, sagte ich, und schau dich bei mir um. Wie steht's mit Lars?

Ich legte ihr den Arm um die Schultern und führte sie in die Küche. Mir fiel auf, was für einen festen, warmen, kräftigen Rücken sie hatte unter ihren Jacken und all der Wolle.

– Komm mit raus in die Küche und erzähl mal, sagte ich. Wie gesagt, ich bin grade dabei, etwas Tee zu machen.

Sie setzte sich ziemlich apathisch an den Küchentisch.

Ich holte die Teetassen hervor und das kleine viereckige Päckchen mit Flora-Margarine und eine Blechbüchse, auf deren Boden sich ein paar Pfefferkuchen befanden, und als ich die Sachen auf den Tisch stellte, begriff ich, daß sie abgrundtief verzweifelt war.

Die Schultern zuckten dann und wann. Sie weinte, oder schluchzte vielmehr in sich hinein. Ich setzte mich neben sie aufs Sofa und legte ihr noch einmal den Arm um die Schultern. Das schien sie zu beruhigen.

Aus der Tasche zog sie plötzlich ein Stück zerknittertes Zeitungspapier und steckte es mir wortlos in die Hand.

Ich faltete es auseinander, massenhaft Tabakskrümel fielen aus den Kniffen, und las:

17JÄHRIGER BEWUSSTLOS

Es war offenbar ein Stück aus der ›Vestmanlands Läns Zeitung‹.

Nach Schnüffeln an Verdünnungsmittel eingeliefert

In den Feiertagen wurde ein 17jähriger Junge aus Trummelsberg ins Bezirkskrankenhaus von Västerås eingeliefert, nachdem er ein Verdünnungsmittel inhaliert hatte. Der Zustand des Jungen war kritisch, als er ins Krankenhaus kam, hat sich aber am Sonntag etwas gebessert.

Das Verdünnungsmittel hatte er sich in einem Freizeitheim in der Umgebung verschafft. Als die Polizei in dem Heim eintraf, standen mehrere der anwesenden Jugendlichen unter dem Einfluß von Alkohol oder hatten sich an Verdünnern berauscht.

Im Zusammenhang mit dem Schnüffeln von Verdünnungsmitteln hat es bereits mehrere Todesfälle in der Gegend von Fagersta gegeben.

– Mein Gott, sagte ich. Mein Gott. Ist er noch im Krankenhaus?

– Ich glaube schon, sagte sie. Er ist auf jeden Fall nicht zurückgekommen.

– Du bist wohl nicht ganz bei Trost, du verdammte Närrin, sagte ich. Hast du denn nicht dort angerufen?

– Kann man das, sagte sie. Ich hab' mich nicht getraut.

Ich rannte zum Telephon, überlegte es mir aber im letzten Moment anders. Ich hatte einfach nicht den Mut dazu.

– Wir fahren zum Krankenhaus, du und ich.

– Geht denn ein Bus?

– Darauf pfeifen wir. Wir nehmen ein Taxi.

Der Fahrer dachte zuerst, einer von uns wäre krank, und fuhr wie ein Wahnsinniger, bis er kapierte, daß wir nur einen Krankenbesuch machen wollten.

Als wir bei den Hüttenwerken von Virsbo waren und über die Brücke fuhren, sagte sie:

– Glauben Sie, daß er sterben wird?

– Das ist nicht ausgeschlossen, sagte ich und staunte über meine eigene Grausamkeit.

Sie weinte nicht mehr. Sie wirkte ruhiger und saß da und schaute in die Scheinwerfer der entgegenkommenden Autos, die im Zwielicht auftauchten. Es war schon gegen ein Uhr mittags.

– Wie zum Teufel ist das passiert, sagte ich. Wieviel weißt du eigentlich darüber?

– Die Polizei war am dritten Feiertag dort draußen und hat ihn zu einem Verhör mitgenommen.

– Die Polizei? Warum denn das um Gottes willen?

– Es war irgendwas wegen geklauter Mopeds.

– Herrgott noch mal, hat er damit auch was zu tun gehabt?

– Sie haben ziemlich viele davon in einem der Schuppen dort

draußen gefunden. Ich weiß, daß er sie nicht gestohlen hat, aber er hat sie für ein paar Typen, die sie klauen und sie in Ludvika verkaufen, aufgebohrt und umgeändert.

Er hat den ganzen Vormittag bei der Polizei gesessen, dann bei mir zu Hause. Er war ziemlich fertig.

– Was hat er gesagt?

– Daß sie seine Mopeds gefunden haben und behaupten würden, er wäre der Anführer von dem Ganzen, und daß sie ihn nicht einlochen können, weil er sie nur aufgebohrt hat und ein bißchen was dran geändert hat.

Und dann hat er gesagt, es hätte alles keinen Wert.

– Was?

– Ja, es hätte alles keinen Wert. Dann ist er abgehauen. Wir hatten ausgemacht, daß ich nach Haggars ins Freizeitheim mitkommen sollte. Aber als ich mir die Stiefel angezogen hatte, war er schon weg. Am nächsten Tag hab' ich dann alles erfahren, von ein paar Typen, die ich kenne.

– Hat er davor schon mal was mit Verdünnungsmitteln zu tun gehabt?

– Sie spinnen wohl.

Plötzlich sah sie aus wie ein kleines verkniffenes, mürrisches altes Weib, das daran gewöhnt ist, mißverstanden zu werden, gewöhnt, daß ihr niemand zuhört, und es kam mir in den Sinn, daß hinter ihr ganze Generationen von solchen mürrischen kleinen Weibern stehen müßten.

Das Taxi kostete einhundertfünfundsiebzig Kronen, und sie sah voller Bewunderung zu, wie ich bezahlte. In der Gegend, wo sie wohnt, können die Leute sich so etwas nicht grade oft leisten. Das kann ich auch nicht.

– Jetzt gehen wir rein, sagte ich.

– Ist es hier, sagte sie.

Im Bezirkskrankenhaus leuchtete die Empfangshalle, oder wie man das nennen soll, wie ein Luxushotel in der winterlichen Dunkelheit. Nicht weniger als vier Weihnachtsbäume erstrahlten in verschiedenen Ecken, und da war ein starker Geruch nach nassen Wollsachen von alten Weibern, und hier und da saßen die Leute in langen Reihen und warteten. Ich hatte keine Ahnung, daß es so viele Leute gab, die mitten in der Weihnachtszeit krank waren.

Ein Junge, der den ganzen Fuß in Gips hatte, hüpfte auf Krücken vor dem Zeitungsstand herum, auf einer Bahre war undeutlich das unendlich schmale, bläuliche Gesicht eines Greises zu erkennen, der sicher sterben würde, er lag vor einem Aufzug und wartete geduldig.

Die Dame am Informationsschalter machte keinen besonders interessierten Eindruck. Lars Carlsson, sagte sie, ja der liegt auf der Intensivstation. Den können Sie nicht besuchen.

– Wir scheißen auf das Weib, sagte Claire, wir gehen hin.

– Gut, sagte ich.

Man mußte sich durch einen Wald von Wegweisern und Schildern, gestrichelten Linien und Gott weiß was für Anordnungen hindurchfinden. Wir fuhren ein paarmal mit dem Aufzug und schlüpften durch ein paar Durchlässe. Plötzlich war kein Mensch mehr zu sehen, nur noch große Türen aus Milchglas und eine Klingel.

Die Schwester kam und machte die Tür auf. Ich sah sofort, daß sie ein anständiger Mensch war. Sie war klein und dunkelhaarig, mit auffallend sinnlichen Lippen und klugen braunen Augen. Sie sprach einen ausgeprägten gotländischen Dialekt.

– Aber Sie müssen verstehen, auf einer Intensivstation kann man nicht einfach kommen und gehen, wie man will.

– Dieses Mädchen ist die Freundin des Jungen, sagte ich. Und ich bin sein Lehrer. Wir wohnen ein paar Dutzend Kilometer weit von hier und sind mit einem Taxi hierhergefahren, um zu sehen, wie es ihm eigentlich geht.

Wir sind nicht erkältet, und die Schuhe können wir uns ausziehen.

– Kommen Sie hier herein, sagte sie, nahm uns mit ins Schwesternzimmer und begann, in den Krankenberichten herumzusuchen.

– Ist er noch am Leben, sagte Claire.

– Hat er einen Gehirnschaden, sagte ich.

Die gotländische Schwester steckte den Bleistift in den Mund.

– Ja, das ist ein ernster Fall, sagte sie. Von einem Gehirnschaden weiß ich nichts, aber er ist immer noch bewußtlos. Er scheint eine ziemlich starke Dosis abbekommen zu haben. Er bekommt eine intravenöse Tropfinfusion.

– Was ist das, sagte Claire.

– Er bekommt Flüssigkeit und verschiedene Nährstoffe durch einen Schlauch direkt in die Armvene geleitet, sagte die Schwester.

– Dürfen wir ihn nicht sehen, sagte Claire.

– Ziehen Sie sich die Holzschuhe da an, dann dürfen Sie ihn durch ein Fenster sehen.

Wir taten, was sie uns gesagt hatte, und konnten ihn durch die Glasscheibe der Tür sehen.

Die Infusion wurde aus einer Flasche gemacht, die in einem Gestell über ihm hing, und auf irgendeine idiotische Art war ich so darauf fixiert, daß es eine ganze Weile brauchte, bis ich den Jungen richtig wahrnahm.

Die Flüssigkeit in der Flasche war pißgelb, ich hoffe, daß sie trotzdem gut für ihn war. Claire atmete neben mir, und plötzlich nahm sie mich bei der Hand. Der Körper unter der blauen Decke dort drinnen bewegte sich überhaupt nicht. Er hätte ebensogut tot sein können. Das ist es natürlich, was den Unterschied zwischen Bewußtlosigkeit und Schlaf ausmacht, dachte ich.

Im Schlaf bewegt man sich die ganze Zeit, man wälzt sich hin und her.

Wer bewußtlos ist, liegt regungslos da. Ich konnte das Haar erkennen und etwas vom Gesicht. Alles sah so unheimlich bleich aus.

Wer bewußtlos ist, hat Würde. Der Junge sah klein aus, die Wölbung, die sein Körper unter der Decke verursachte, wirkte nicht größer, als wenn es ein Zehnjähriger gewesen wäre, und doch hatte er eine Riesenhaftigkeit, eine Größe, die nicht physisch war.

Da liegt einer der großen Mathematiker unserer Zeit und stirbt, dachte ich, und es wurde mir heiß im Zwerchfell. Ich fühlte mich flau und einer Ohnmacht nahe und hatte kalten Schweiß auf der Stirn.

– Kann ich mich irgendwo hinsetzen, sagte ich.

– Was ist los, sagte Claire.

– Ich glaube, ich werde ohnmächtig, sagte ich.

– Hier, Sie spinnen ja, sagte sie.

Ich tastete mich in das Zimmer der Schwester hinein.

– Ich fühle mich halb ohnmächtig, sagte ich. Darf ich mich einen Augenblick hinsetzen.

– Legen Sie sich hier auf die Liege, sagte die Schwester, die nicht im geringsten erstaunt zu sein schien.

Sie brachte mir sogar ein Glas Wasser. Claire stand daneben, und ich hatte die ganze Zeit über das widerliche Gefühl, daß sie mich ablehnte, daß sie hinter etwas gekommen war, was sie als eine Schwäche, einen Verrat auffaßte, und ungefähr in diesem Augenblick spürte ich, daß ich nicht mehr die geringste Lust dazu hatte, ohnmächtig zu werden.

– Danke, es war nur ein vorübergehendes Unwohlsein, sagte

ich. Es hat mich so mitgenommen, den Jungen da drinnen zu sehen, so ein junger Kerl und so völlig kaputt.

– Es ist viel besser geworden mit ihm in den letzten vierundzwanzig Stunden, sagte die Schwester.

– Inwiefern?

– Der Puls ist gleichmäßiger geworden, das EKG und das EEG sind viel besser.

– Ich lasse meine Telephonnummer da. Rufen Sie mich an, wenn es ihm besser oder schlechter geht.

Sie versprach, daß sie das tun würde.

– Wir nehmen den Bus heim, sagte Claire, als wir aus der Vorhalle des Krankenhauses herauskamen.

– O.K., sagte ich, aber wann geht denn ein Bus?

– Wir rufen beim Busbahnhof an und fragen.

Der nächste Bus ging abends um neun. Es war kurz vor drei Uhr.

– Was sollen wir in der Zwischenzeit machen, sagte Claire.

– Wir fahren mit dem Stadtbus in die Stadt, dann sehen wir weiter, sagte ich.

Eine große Wolke von Dohlen schwebte um den Turm des Doms. Der Markt war vollkommen leer und ausgestorben. Das Café Blå Bandet drüben auf der anderen Seite des Marktplatzes war erleuchtet.

– Ich hasse diese Konditoreien, sagte ich.

– Die an der Brücke hat ganz anständige Plunderhörnchen, sagte Claire.

Unentschlossen ließen wir uns einfach von unserem Schwung weitertreiben, vorbei an der Konditorei an der Brücke und die Hauptstraße hinauf. Ich erzählte ihr, daß der Oxbacken früher einmal ungefähr doppelt so abschüssig gewesen war und daß es nicht selten passierte, daß die Erzfuhren verunglückten, wenn sie den steilen Hang hinunterfahren sollten. Noch in meiner Kindheit konnte man die Gehwege sehen, die hier oben auf einer Art von hohem Damm mit Eisengattern entlangführten, sagte ich. Ich erinnere mich daran, weil ich mir an einem solchen Eisengatter einmal fast die Zunge festgefroren habe, als ich klein war.

– Hier ist es genauso leer wie in Trummelsberg, sagte sie.

– Meinst du, er hat wirklich Mopeds gestohlen, sagte ich.

– Er hat an ihnen herumgemacht und sie aufgebohrt, sagte sie.

– Das kann kein so schlimmes Verbrechen sein, sagte ich. Dafür kommt man nicht ins Fürsorgeheim, daß man Mopeds aufbohrt.

– Aber dafür, daß man sie klaut, sagte sie.

– Aber er hat ja bei dem Diebstahl gar nicht mitgemacht, sagte ich. Er hat sie ja nur aufgebohrt.

– Das wird ihm niemand glauben, sagte sie. Es spielt keine Rolle, er wird sowieso nicht am Leben bleiben.

– Du spinnst, sagte ich. Die Schwester hat doch gesagt, daß es ihm viel besser geht.

– Sie haben doch gesehen, wie blaß er war, und diese Schläuche im Arm.

– Aber woher hat er das Verdünnungsmittel bekommen?

– Sie haben da schon jahrelang Verdünner gehabt.

– In Haggars?

– Er hat nur bis jetzt noch nie welche genommen.

– Verdammter Narr, sagte ich. Verdammter, dummer Narr.

– Er hat gesagt, er findet, daß nichts mehr einen Sinn hat.

– Aber warum denn? Das kapiere ich ja eben nicht? Weil die Polizei da war?

– Das hat er schon gemeint, bevor sie dagewesen sind. Ich glaube, es war, weil ich mit ihm Schluß gemacht habe.

– Du spinnst. Wann war das?

– Ein paar Tage vor Weihnachten.

– Warum hast du das denn gemacht?

– Ich weiß nicht, sagte sie. Es klang ganz aufrichtig.

Sie ging und starrte vor sich hin auf die Straße hinunter, klein und zusammengekrümmt wie so ein altes Mütterchen, und ich legte ihr den Arm um die Schultern. Es schien, als würde sie das mögen, denn nach ein paar Minuten hörten die Schultern auf zu zucken. Sie schmiegte sich an mich.

Ich habe keine Tochter, dachte ich, keine Töchter, überhaupt keine Kinder.

Wir trotteten zurück zu der Konditorei an der Brücke. Dort saßen ein paar Jugendliche in einer Ecke, ziemlich ruhig. Die Konditorei hatte auch einen Weihnachtsbaum.

Es kam mir in den Sinn, daß ein Besucher von einem fremden Planeten sich über all diese Weihnachtsbäume wundern würde.

Während wir da saßen, kam dieses eklige brennende Gefühl im Magen wieder und die gleiche eklige Empfindung, daß ich kurz davor wäre, ohnmächtig zu werden.

Es ging diesmal etwas schneller vorüber, aber es begann mich wirklich zu beunruhigen. War ich dabei, ein Magengeschwür zu kriegen, oder was um Gottes willen war los?

– Was ist los, sagte sie.

– Ich fühle mich wieder scheußlich, sagte ich.

– Ich auch, sagte sie.

– Du, sagte sie, warum versuchen wir nicht, nach Hause zu trampen?

Wir lächelten uns mit einem plötzlichen Lächeln an. Es war nur so ein Gefühl, wie wenn man ein klein wenig aufwacht.

Der Planet der Wolle kreist um eine Sonne von niederer Spektralklasse

Es war kein Kunststück, jemanden zu finden, der uns mitnahm. Zuerst war es ein Typ, der nach Köping wollte, um mitten in den Feiertagen Kurbelwellen für das Volvo-Werk zu holen, und der ziemlich besorgt war, weil ja zu dieser Jahreszeit während der Feiertage keine Fernlaster fahren dürfen, aber andererseits gibt es nie irgendwelche Kontrollen.

Er setzte uns an der Industriestraße nach Fagersta ab, und es ging mir einen Augenblick lang durch den Kopf, daß es nicht besonders gut wäre, wenn einer von den Lehrern unserer Schule vorbeikommen und uns mitnehmen würde. Wie erklärt man, daß man in den Feiertagen mit Mädchen aus der Parallelklasse beim Trampen unterwegs ist?!

Es war kein Bekannter, der uns mitnahm, sondern ein netter Kerl in einem Volvo Duett.

Wir setzten uns hinter ihn, weil er auf dem Vordersitz ein paar Kartons gestapelt hatte. Gott weiß, wozu er die brauchte.

Vielleicht fuhr dieser Typ ein ganz, ganz klein wenig unvorsichtig. Das ist übrigens gar nicht so sicher, er war wahrscheinlich ein sehr erfahrener Autofahrer und hatte daher ein sehr ausgeprägtes Gefühl für den Spielraum, in dem man sich bewegen muß, um in der Winterzeit Unfälle zu vermeiden. Aber schon nach seinem ersten Überholmanöver bekam ich furchtbare Angst, daß etwas passieren würde, ein entsetzlicher Frontalzusammenstoß, bei dem wir alle umkommen würden, oder etwas Ähnliches. Er hielt wohl etwa eine Geschwindigkeit von hundertzwanzig und überholte die meisten Autos, die in der Winterdämmerung auftauchten, und das ging auch ganz hervorragend, aber dennoch saß ich die ganze Zeit über schreckensbleich auf meinem Platz und wartete darauf, daß wir unwiderruflich ins Schleudern geraten würden.

So kam es, daß ich nicht besonders viel mit Claire reden konnte, ich saß da und drückte mich in den Kurven an sie und hielt jedesmal ganz fest ihre Hand, wenn wir wieder zum Überholen ansetzten, aber sie muß mich sehr gut verstanden haben, denn sie verlor kein Wort darüber.

Natürlich ging alles ganz hervorragend; der Typ setzte uns an der Einfahrt nach Trummelsberg ab, und wir stapften durch den Schnee davon.

Ich kaufte Zigaretten im Kiosk, der sich schräg gegenüber auf der anderen Straßenseite befindet, Zigaretten und Abendzeitungen.

Zur Winterzeit strömt eine muffige Wärme, die nach Tabak, Bonbonpapier und Druckerschwärze riecht, aus dem Inneren des Kiosks. Ich stand da und spürte diesen Geruch, der mich nachdenklich machte. Sehr nachdenklich.

– Jetzt gehen wir rauf zu mir, sagte ich.

(... und die Weihnachtsdekorationen in der Köpmangatan in Västerås, und die Schwärme von Dohlen um die Turmspitze und der rote Rauch des Hüttenwerks, der sich über den ganzen Ort ausbreitet, wenn in den Öfen der Abstich gemacht wird, und der Geruch nach heißem Metall in diesem Rauch, und der Geruch nach Bohnerwachs und scharfen, vielleicht giftigen Reinigungsmitteln und nach nassen Wollsachen in den langen Gängen der Schule, und der Geruch nach Kreide und »Scheuerhexes« Scheuerpulver in den vierziger Jahren, und der Geruch nach junger nasser Erde im April – und glaubt mir, das war einer der *einsamsten* Augenblicke meines Lebens).

Ich legte sehr langsam die Stirn an ihr rechtes Schlüsselbein, und die Wolle, ich meine die Wolle ihres Pullovers über ihrer rechten Brust, strahlte eine geheimnisvolle Wärme aus, wie eine Sonne (es muß eine Sonne von niederer Spektralklasse sein, eine rötliche, dachte ich, wir sind unterwegs in ein fremdes Planetensystem hinein, seit Lichtjahren unterwegs zum Planeten der Wolle, der um eine rote Sonne kreist).

Ich legte also sehr langsam die Stirn an ihr rechtes Schlüsselbein und hörte ihr Herz schlagen, und die Wolle strahlte eine geheimnisvolle Wärme aus, ich legte beide Hände auf ihre Hüften, auf ihre beiden Hüften. Sie wollte mir ihr Gesicht nicht zeigen und senkte den Kopf. Und ich küßte sie und spürte ihre kleine flinke Zunge, die sich wie eine Schlangenzunge bewegte, und als ich mich schließlich zurückzog, folgte sie nach und wollte immer mehr haben.

Und während mein Arm über ihren starken Rücken kreiste, bewegten wir uns in mein Arbeitszimmer hinein, und ich machte die grüne Lampe auf dem Schreibtisch an, sonst keine Lampe, und sie ließ sich in eine Ecke meines Sofas sinken, als sei das die natürlichste Sache der Welt, und schleuderte ihre Stiefel weg, schleuderte sie ein Stück weit in eine Ecke hinein, und all das wäre unwiderruflich entsetzlich verdorben worden, wenn sie auch nur einen Augenblick lang diesen verbissenen, fast aggressiven Ernst verloren hätte, den sie in diesem Augenblick hatte.

Ich bohrte mein Gesicht in diese geheimnisvolle Wolle hinein, die mich schützen und mich von der ganzen verfluchten Welt isolieren konnte, irgendwo in der Gegend ihres Nabels begann ich meine Reise. Und ich spürte all ihre Düfte, die alle fremd waren und von jugendlicher Herbheit und ungeheuer aufdringlich, und endlich zog ich ihr all diese elende Wolle aus und löschte – kindischerweise – die Lampe auf meinem Schreibtisch und war auf der ganzen Welt allein mit ihr.

(Nach den ungeheuren Belastungen während des Bremsvorgangs, den die Atmosphäre eines fremden Planeten bewirkt – ich rede von dem, was gewöhnlich in SF-Romanen passiert –, pflegt immer eine fieberhafte Aktivität an Bord auszubrechen, sobald das silberglänzende Raumschiff gelandet ist und die rotbraune Staubwolke vom Bremsmanöver sich wieder gelegt hat: Wie ist die Zusammensetzung der Atmosphäre? Quecksilberdämpfe? Jodide? Flüssiger Salpeter? *Kann man darin atmen?*)

Ich konnte atmen. Ich atmete, den Mund sehr nah an ihrem Bauch, ihre widerspenstigen Schamhaare an meinem Ohr. Ich bewegte mich mit der größten Leichtigkeit. Ich war frei. Sehr frei. So frei, daß ich tatsächlich alles um mich her vergessen hatte, bis auf sie.

Wenn ich gewollt hätte, aber das wollte ich natürlich nicht, hätte ich zur Decke hinaufschweben können, so langsam und majestätisch wie eine bunt schillernde Seifenblase.

– Jetzt gibt es nur dich und mich, sagte ich und leckte ihr die Achselhöhle. Sie lachte, ja, *sie lachte,* und zum ersten Mal in meinem Leben entdeckte ich, daß man aus purem Glück lachen kann.

Es war, als hätte ich mein ganzes Leben lang in einer Art von abscheulichem, abnormalem Zustand gelebt und wäre jetzt zum erstenmal in die normale Wirklichkeit zurückgekehrt.

Ich biß sie leicht in die Achselhöhle und sagte:

– Ich werde dir eine rote Decke bringen. Wir wollen aufstehen und Kaffee kochen.

Ich brauchte nicht weiter zu gehen als bis hinaus in die Küche, um zu entdecken, daß ich mich in einer anderen Gangart bewegte. Ich hatte körperliche Konturen bekommen.

Es gibt die Freiheit. Und du, du verdammter Klotz, du blöder Hammel, du schwerfälliger alter Lastkahn hast gelebt, als ob es sie nicht gäbe. Jahrzehntelang! Dein ganzes Leben lang!

Wir schliefen in der dichten morgendlichen Dunkelheit ein, alle möglichen Düfte in den Nüstern, und hatten nicht die geringste Lust, wieder aufzuwachen.

Es war der Neujahrsmorgen des Jahres 1970, und in der Gegend von Trummelsberg fiel in dieser Nacht ungeheuer viel Schnee. Sehr früh, um fünf oder sechs Uhr, kam irgendein Traktor durch die Straße gefahren, um den Schnee zu räumen. Seine Lichter flackerten über die Hauswand. Ich wachte auf und sah sie neben mir, und es wurde mir bewußt, wie unheimlich jung sie war, als sie da lag, sehr winterblaß, eine Strähne ihres roten Haares im Mundwinkel, sehr ähnlich einer schlafenden Hexe.

Ich horchte auf das Traktorengeräusch, das sich immer mehr entfernte, und brachte es fertig, mir zu sagen:

Ich empfinde Angst. Zum ersten Mal seit sehr langer Zeit empfinde ich wieder Angst. Ich lebe also wieder. Ich empfinde Trauer. Zum ersten Mal seit ich weiß nicht wie langer Zeit empfinde ich wieder Trauer. Ich lebe wieder.

Es gibt eine Art von Gefühlen, die zu groß sind für uns. Wir können sie nur ahnen, sie streichen über uns hin, wie der Schatten einer Wolke über eine Landschaft streicht. Es dauert lange, bis wir überhaupt entdecken, daß sie dagewesen sind.

Und so sagte ich mir ganz einfach:

Ich empfinde Angst. Das tu ich wirklich, zum ersten Mal seit sehr langer Zeit empfinde ich Angst.

Und das Wissen darum, daß es so war, machte mich ganz ruhig, so daß ich einfach wieder einschlief.

Das war auch eine Art, ein neues Jahrzehnt zu beginnen, die siebziger Jahre.

Es knackte ganz leise in den Hauswänden, als würde die Kälte langsam nachlassen. Um uns herum Dunkelheit, ein leichter Geruch nach moderndem Holz, das gedämpfte Summen vom Uhrwerk einer elektrischen Uhr in der Dunkelheit. Die dunklen Zwischenräume zwischen den Büchern im Regal. Das Geräusch eines Traktors, der Schnee pflügt und sich immer mehr entfernt.

Um uns herum vermoderte eine alte Monarchie, veränderten sich die Muster, wurden die äußeren Bedingungen der Wirklichkeit ausgehöhlt, entvölkerten sich die ländlichen Gebiete, zog die Macht sich immer weiter in unsichtbare Kreise zurück, die keiner von uns würde durchbrechen können.

Und tiefer unten, im Dunkel des Unterbewußtseins, gab es Bilder. Die verbrannten Kinderkörper, die Mißgeburten, die die Pflanzengifte in Asien hervorgebracht hatten, die Stahlkugeln in den mageren Wangen der Säuglinge.

All diese Bilder waren da und drehten sich langsam um irgendeinen geheimnisvollen Mittelpunkt, den wir noch nicht kannten. Es führte kein Weg zurück. Für keinen von uns würde es jemals so etwas geben können wie ein selbstverständliches Geborgensein in der Wirklichkeit, eine Vertrautheit mit ihr.

Und das war auch das einzige, was uns verband, und vielleicht war das genug.

Noch einmal sah ich, wie fremd sie war, als sie da schlief, eingehüllt in ihr rotes Haar.

Der elektrische Wecker schrillte im Dunkeln. Ich verdammter Hornochse hatte vergessen, ihn abzustellen, ich meine, das Läutwerk abzustellen.

Sie schlug die Augen auf, stützte den Kopf auf den Ellbogen und sah mich sehr lange forschend an.

– Wir spinnen ja, sagte sie.

– Ich bin froh, sagte ich. Was auch immer jetzt passieren wird, ich bin froh.

Als ich das nächstemal aufwachte, war das Licht im Zimmer Tageslicht, gedämpft und flaumig. Die Schneepflüge waren wieder da.

Ich muß wieder eingeschlafen sein und sogar eine von diesen Halluzinationen gehabt haben, die dem Einschlafen vorausgehen, denn ich bildete mir ein, streitende, erregte Stimmen draußen in meinem Arbeitszimmer gehört zu haben, und zwar so überdeutlich, daß ich sogar aufstand und hinausging, um nachzusehen, ob möglicherweise das Radio lief.

Das tat es natürlich nicht.

Wir schliefen noch einmal miteinander. Sie hatte massenhaft kleine rote Sommersprossen auf den Schultern. Sie hatte eine Art von kleinen, raschen Schreien, bevor es ihr kam. Das erregte mich auf eigentümliche Weise; ich glaubte, ich würde ganz einfach verrückt werden vor sexueller Erregung.

Sie erinnerten mich irgendwie an einen Schwarm von schreienden Möwen, und diese verrückten schreienden Vögel verfolgten mich bis tief in die kristallklare Leere des Orgasmus hinein.

Was für rätselhafte Düfte, wie viele Geheimnisse, wie viel geheimnisvolles Leben ein solches ...

– Du, da ist eine Sache, über die ich nachgedacht hab', sagte sie.

– Was denn, sagte ich.

Wir lagen auf eine ziemlich sonderbare Weise da, Seite an Seite, aber die Wangen aneinandergelehnt, die Beine ineinander verschachtelt, und betrachteten die Lichtreflexe eines anderen Schneetraktors, der die Straße entlangkam und dessen Signallampe zum Fenster hereinleuchtete. Das Musikprogramm im Radio tönte vom anderen Zimmer herüber.

– Ich denke an Lars, sagte sie.

– Ja, mein Gott, sagte ich. Ich werde anrufen, wenn sie Sprechstunde haben, und fragen, wie es steht.

– Glaubst du wirklich, daß aus ihm ein großer Mathematiker werden kann?

– Ja, wenn er sich nicht für alle Zukunft mit diesem verdammten Verdünner kaputtgemacht hat. Daran ist nicht zu zweifeln.

– Meinst du wirklich, sagte sie.

– Um neunzehnhundertzehn herum lebte in Madras ein Hindu namens Ramanujan, einer unter Millionen. Er trug eine kleine dünne Brille, sprach ein lückenhaftes Englisch und hatte einigermaßen europäische Tischmanieren. Er war Büroangestellter.

Hardy in Oxford bekam einen Aufsatz von ihm, den zwei andere englische Professoren ungelesen zurückgeschickt hatten, weil er so unbeholfen und amateurhaft geschrieben war.

Hardy las ihn.

Sie holten Ramanujan mitten im Krieg nach England. Die Übersiedlung bekam ihm nicht recht, und er starb ziemlich bald darauf an Tuberkulose, aber vorher hat er es geschafft, in der modernen Mathematik einige Veränderungen zu bewirken.

Das Eigenartigste daran war, daß er sich in der Mathematik kaum auskannte. Hardy mußte ihm alles beibringen. Er mußte sozusagen das, was Ramanujan über das Zahlenuniversum wußte, in eine mathematische Sprache übersetzen.

Davon, wie man es ausdrückt, hatte er nicht besonders viel Ahnung.

– Aber wie konnte er dann ein großer Mathematiker sein, sagte sie.

– Als er schon auf dem Totenbett lag, kam Hardy einmal zu Besuch. Mein Taxi hatte so eine blöde Nummer, sagte er, 1729.

Nein, Hardy, sagte Ramanujan. Das ist keine blöde Zahl. Das ist die kleinste Zahl, in der die Summe der Rauminhalte zweier Würfel auf zwei verschiedene Arten ausgedrückt werden kann.

– Ich verstehe, sagte sie.

– Ja, sagte ich.

– Das freut mich für ihn. Ich habe immer solche Angst gehabt, daß er zu nichts taugen würde.

– Wie meinst du das, sagte ich.

– Ich meine es so, sagte sie. Daß er zu nichts taugen würde.

Später, tief in der Dunkelheit des nächsten Abends, schon unter anderen Verhältnissen, sozusagen im Bereich einer anderen Schwerkraft, einer anderen Luft zum Atmen, sprachen wir wieder von ihm.

– Ich habe geglaubt, ich hätte ihn sehr gern, aber das stimmt nicht, sagte sie.

Ich verstand nicht, was sie meinte.

Auf diese Weise wurde es wieder Abend.

Wir waren sehr wirklich.

Um uns herum vermoderte langsam eine alte Monarchie. Man hörte schon das vorsichtige, nagende Geräusch der Ratten in den Zwischenböden.

Und durch alle Ventile, alle Luftkanäle, alle Treppenhäuser hindurch der schwache, aber durchdringende Geruch nach nasser Wolle.

Er kommt jetzt allmählich zu Bewußtsein.

Es nahm ziemlich viel Zeit, an den Arzt heranzukommen, der für die Station verantwortlich war, am Telephon schien es so, als würde er von einem Unfall zum andern laufen, aber schließlich erwischte ich ihn jedenfalls.

Es besteht immer die Gefahr, daß ein Gehirnschaden zurückbleibt, sagte er. Die Gefahr eines solchen Gehirnschadens ist eine ernste Sache, aber man weiß darüber noch nicht allzu viel. Verschiedene Gehirne reagieren ganz unterschiedlich auf ein und dasselbe Gift, und im übrigen ist es noch viel zu früh, um etwas darüber zu sagen. Er kommt jetzt allmählich zu Bewußtsein. Wir lassen ihn ständig beobachten. Er sollte keinen Besuch haben.

Nach zwei Tagen ging sie von mir fort. Sie müsse mit dem Bus nach Hause fahren und ihre Eltern beruhigen, sagte sie. Sie seien es nicht gewöhnt, daß sie so lange an einem Stück wegbliebe. Sie wirkte ein bißchen gehetzt, als sie abzog, ein klein wenig gehetzt. Aber das war auch alles.

– Diese Tage vergessen wir nicht, sagte ich.

– Nein, diese Tage vergessen wir nicht so leicht, sagte sie und drehte den Kopf weg und verschwand.

Ein Verbrechen also:

Einem seiner Schüler, dem einzigen Schüler, der einem das Leben lebenswert gemacht hat während der ganzen fragwürdigen Karriere als Lehrer, diesem Schüler also sein Mädchen wegzunehmen, in dem einzigen Augenblick, in dem er sie jemals wirklich gebraucht hätte, sie in all ihrer mehr oder weniger minderjährigen Süße zu verführen, ihrer in Wolle gehüllten, stummen, unfaßbaren Süße.

Sich mit ihr die halben Weihnachtsferien über einzuschließen, sich die ganze Welt den Buckel runterrutschen zu lassen und vor der ersten richtig ernsthaften Verantwortung, die ich je gehabt habe, zu versagen. Wenn das jemand anders passiert wäre, ich bin sicher, alles wäre ins Lot gekommen.

Bei mir konnte es nur auf eine Art ausgehen.

Aber noch war ich vollkommen glücklich. Ich hatte wieder Kontakt mit den Menschen, die Welt um mich herum lebte auf, die rauhe Winterluft hatte wieder einen Duft bekommen, die roten Rauchwolken vom Hüttenwerk stiegen festlich und feierlich zum Januarhimmel auf. Mir war, als wäre ich aus einem langen, verdammt langen Schlaf erwacht.

Auf ein paar sonderbaren Wegen war es mir geglückt, wieder in die Wirklichkeit hineinzuschlüpfen.

Natürlich empfand ich eine Art Schuld oder Unbehagen, aber auch nicht stärker, als ich es immer schon getan hatte. Für den, der sich immer schuldig fühlt, ist das Verbrechen nur eine äußerliche Formalität, eine Bestätigung für etwas, was er die ganze Zeit über gewußt hat.

Fast hätte ich gesagt: das bringt ihn nicht aus dem Gleichgewicht. Ich war völlig sicher, daß die Angst hinter der nächsten Ecke lauerte, aber ich war ebenso sicher, daß es die übliche alte Angst sein würde.

Und solange ich die übliche alte Angst nicht spürte, sondern mich sozusagen in einem begnadeten Zustand befand, konnte ich überhaupt keine Angst empfinden.

So einfach war das.

Mitten in alldem fing die Schule wieder an. Ich hatte sie sozusagen fast vergessen.

Ich war zum Beispiel nicht darauf gefaßt, Claire in der Aula zu sehen, aber das tat ich natürlich, als wir hineingingen. Sie sah mich sehr ernst über achtzehn Bankreihen hinweg an, und es war ein reiner Zufall, daß ich ihr nicht zuwinkte.

Sie hatte versprochen, an diesem Abend oder am nächsten bei mir vorbeizuschauen.

Es kam mir in den Sinn, daß man von Rechts wegen tatsächlich suspendiert wird, wenn man sexuelle Beziehungen mit seinen Schülern hat. Das brachte mich auch nicht aus dem Gleichgewicht.

Der Direktor hielt eine Rede darüber, was es bedeutet, eine kritische Einstellung zu haben. Es sei gut, eine kritische Einstellung zu haben, sagte er. Aber eine kritische Einstellung dürfe keine schlampige oder schlappe kritische Einstellung sein. Sie müsse eine wirklich kritische Einstellung sein.

Wenn ich ihn recht verstand, kam er ziemlich rasch zu dem Schluß, daß eine wirklich kritische Einstellung vor allem kritisch gegenüber kritischen Einstellungen sein müsse.

Es war sowieso nicht so wichtig, da die halbe Aula schlief und die andere Hälfte munter miteinander plauderte.

Dann versammelte sich die Klasse. Ich teilte ihnen mit, Lars sei krank geworden, es sei ihm ein Unglück zugestoßen, er läge im Krankenhaus, und wir sollten von jedem eine Krone einsammeln, um ihm Blumen zu kaufen. Sie nahmen die Mitteilung ernster auf, als ich gedacht hätte. Ich konnte mir denken, daß sie schon über alles Bescheid wußten, einige von ihnen mußten in diesem Freizeitheim dabeigewesen sein.

Wie verdammt armselig sie sind, dachte ich. Nette, gute Kinder, aber so verdammt armselig. Sie können keinen einzigen Gedanken zusammenhängend in einem Satz ausdrücken, sie wissen nichts über ihre eigenen Gefühle, weil sie es niemals gelernt haben, sie irgendwie zu benennen. Sie wissen genau, daß eine Vergiftung durch Verdünnungsmittel sehr wohl zum Tod und zu unheilbaren Gehirnschäden führen kann, aber sie sind so verdammt armselig, daß sie sich nicht einmal eine einfachere Art ausdenken können, dem Leben zu entkommen, das sie führen.

Auf jeden Fall schleppte sich die Doppelstunde hin – an diesem Tag machte mir das Unterrichten keinen besonderen Spaß –, und danach schaute ich ins Lehrerzimmer hinein. Offenbar wußte niemand über das Bescheid, was dem Jungen zugestoßen war, und ich vermied es, über die Sache zu reden.

Ein netter Gewerbelehrer aus Virsbo namens Jansson, so ein netter kleiner Västmanländer, der am ganzen Körper nach Harz zu riechen scheint und so langsam spricht, daß man hinausgehen und eine Zigarettenpause einlegen kann, während er redet, ohne etwas Wesentliches zu verpassen, kam dann doch spontan auf mich zu und fing an, über die Sache zu reden.

– Hör mal, wie steht es mit dem Jungen Carlsson? Das ist ja eine verdammte Geschichte. Ja, weißt du, ich habe dafür gesorgt, daß es im Werkraum überhaupt kein Verdünnungsmittel eibt. Ich bin sicher, daß es in den Werkräumen war, wo das ganze Teufelszeug angefangen hat, Anfang der sechziger Jahre in den Werkräumen, mit den viel zu großen Klassen.

Ja, du weißt, welchen Jungen ich meine.

Ich kenne seinen Vater. Mein Vater und er haben in den vierziger Jahren für die Straßenverwaltung Sand gefahren, bei einer Sandgrube in Ramnäs.

– Ich muß hinfahren und mit ihnen reden, sagte ich. Vielleicht kann ich sie irgendwie aufmuntern. Ich weiß nicht. Aber ich habe das Gefühl, daß ich mit ihnen reden müßte. Aber ich habe ja kein Auto.

– Ich fahr' dich hin. Du brauchst sicher nicht so lange zu bleiben.

Wir fuhren los. Er hatte ruhige, angenehme Bewegungen am Lenkrad, dieser Jansson. Wenn man mit ihm fuhr, bekam man keine Autoangst. Aber er legte ja auch jeden Winter die Strecke von hier bis nach Südafrika zurück, da er in Virsbo wohnte und in Trummelsberg arbeitete. Er redete viel über sein Sommerhäuschen bei Ennora am nördlichen Ufer des Åmänningen. Er wohnt den ganzen Winter über samstags und sonntags dort und verfügt über einen kolossalen Holzvorrat. Er findet nicht, daß es besonders viel Grund dafür gibt, in einer Wohnung in Virsbo herumzuhängen. Man würde passiv werden, wenn man nichts zu tun hätte.

Ich stellte mir seine Wohnung vor, voll von geschickt geschreinerten Werklehrermöbeln.

Über die Familie Carlsson sagte er nichts weiter, als daß er sie kenne. Man redet in dieser Gegend nicht allzu viel über Leute, die man kennt. Es sind die Menschen, die man kennt, mit denen man den größten Teil seines Lebens auszukommen hat, falls man nicht notgedrungen von hier fortgezogen ist, natürlich.

– Hier hat früher einmal eine Mühle gestanden, sagte Jansson und deutete auf einen tieferen Schatten mitten in der Dunkelheit.

Als ich ein Junge war, ist sie noch in Betrieb gewesen. Wir haben dort unten am Weiher gewöhnlich viele Krebse gefangen.

Früher einmal, dachte ich, früher einmal haben die Menschen in dieser Gegend selbst über sie verfügt. Sie haben sich die örtlichen Energiequellen zunutze gemacht, Wasserkraft in kleinen Mühlen, der Hafer, den die Pferde fraßen, war am Ort gewachsen. Die Motorsägen werden mit Benzin betrieben, das von weither für teures Geld gekauft werden muß.

Früher haben sich die Menschen in dieser Gegend selbst die Natur nutzbar gemacht, den Wald, die Äcker. Jetzt dienen sie nur als Werkzeuge, um Rohwaren von hier wegzubefördern, irgendwohin, wo sie von Nutzen sind.

Diese Menschen leben hilflos in ihrem eigenen Land.

Im Fenster war auf alle Fälle Licht. Sie saßen, wie gewöhnlich, in der Küche. Tag, sagten wir. Wie steht es mit Lars?

– Es soll ihm etwas besser gehen, sagte die Mutter. Wir wollen ihn am Samstag besuchen, bis jetzt durfte er noch keinen Besuch haben.

– Das ist schon eine verdammte Geschichte, daß so was passieren mußte, sagte der Vater. Er hatte seine Arbeitskleidung an und saß in Wollstrümpfen am Küchentisch. Sein Gesicht war schwer und hatte noch mehr Falten als gewöhnlich. Im übrigen machte er einen ganz ruhigen Eindruck.

– Ich kapiere nicht, was in ihn gefahren ist, sagte ich. Ist irgendwas Besonderes passiert?

– Die Polizei war hier und hat herumgeschnüffelt, sagte die Mutter. Es war irgendwas mit gestohlenen Mopeds.

– Ich glaube nicht, daß es darum ging, sagte der Vater. Das wissen doch alle, daß wir hier Motoren reparieren, zum Teufel. Es ist klar, er hat keine Mopeds gestohlen.

– Wenn er jetzt nur wieder gesund wird, sagte die Mutter.

Mitten in diese Unterhaltung kam das Brüderchen die Treppe herunter, fröhlich und schmutzig wie üblich.

– Komm, ich zeig' dir was, sagte er zu mir und zog mich in die riesige Speisekammer neben der Küche. Ich habe ein Rad für den Goldhamster gemacht.

Der Hamster, der genauso aussah wie das letztemal, hauste in einer blau gestrichenen Kiste mit einem Deckel aus Maschendraht und mit Maschendraht vor der einen Seitenfläche.

Er hatte ein Laufrad bekommen, das geschickt zusammengelötet war aus einer in Streifen geschnittenen Konservendose und einem Drahtgestell.

Die Kanten der Streifen waren sorgfältig heruntergebogen, damit das Tier sich nicht in die Pfötchen schnitt. Es lief in seinem Rad unentwegt aufwärts, wie ein Verrückter.

– Schön, sagte ich. Hast du das selbst gemacht? Kannst du löten?

– Na klar, sagte der Junge. Bald kriegt er eine größere Kiste.

– Hättest du Lust, noch einen Hamster zu haben, sagte ich.

– Das muß dann ein Männchen sein. Wenn es zwei Weibchen sind, beißen sie sich tot.

Guck mal, sie kommt ans Gitter, wenn man hier kratzt.

– Ich seh' schon, sagte ich. Vielleicht kann ich ein Männchen für dich auftreiben.

– Die kosten sechs Kronen.

– Die kannst du von mir bekommen.

– Guck mal, sie kommt, wenn ich hier kratze.

– Ich seh' schon, sagte ich. Ich sehe es, mein Kleiner. Aber ich glaube, ich muß jetzt zu den andern rausgehen.

– Ich muß wieder in die Werkstatt gehen, sagte der Vater und stellte die Kaffeetasse weg.

– Wir können doch mitkommen, sagte ich.

Wir gingen über den Hof. Ein kleiner gelber schmutziger Pfad hatte sich zum Stall hinunter gebildet. Überall in der Dunkelheit tauchten Autokarosserien auf, in unterschiedlichen Stadien des Verfalls oder der Instandsetzung. An der Ecke hatten sie eine Hebebühne gebaut, sie war ungefähr dort, wo bei einem Stall der Misthaufen sein müßte.

– Ich finde wirklich, daß das ganz beschissen ist, sagte der Vater. Er ging in seinen Stiefeln mit langen Schritten durch das Dunkel oder Halbdunkel.

– Das Schlimmste ist, daß ich nichts verstehe, sagte ich.

– Glauben Sie, daß er Mopeds gestohlen hat, sagte der Vater.

– Das ist nicht ausgeschlossen, sagte ich. Jungens sind Jungens.

– Ich glaube auf keinen Fall, daß er das getan hat. So war er nicht.

– Ich weiß nicht, sagte ich. Wenn er jetzt nur gesund wird.

Wir gingen in die Werkstatt. An der Decke gab es ein paar Leuchtröhren. Die ganze Wand vor mir war sorgfältig mit Werkzeug vollgehängt, ein Steckschlüsselsatz stand auf dem fettigen Arbeitstisch, und jemand hatte einen Abzieher liegengelassen, ohne ihn wieder aufzuhängen.

Wenn man genauer hinsah, waren die Werkzeuge das einzige, was einigermaßen in Ordnung war.

– Sie hätten nicht anfangen sollen, ihm Unterricht zu geben, sagte der Vater. Ich weiß, daß Sie es gut gemeint haben. Aber es war nicht gut, glauben Sie mir.

– Meinen Sie, daß es ihm irgendwie zu Kopf gestiegen ist?

– Nein. Im Gegenteil. Er hat angefangen, alles wertlos zu finden.

– Wertlos? Was denn?

Der Vater stand ganz still vor der ölgefleckten Arbeitsbank. Das ganze Gesicht lag im Schatten. Er sah alt und gebeugt aus. Statt zu antworten, deutete er mit einer hilflosen Geste um sich herum, während er eine heruntergefallene Schraube vom Boden aufhob.

Wenn ich ihn richtig verstand, wollte er sagen:

Dies alles.

Jansson fuhr mich zurück.

Ich war um sieben Uhr herum zu Hause. Als ich den Schlüssel ins Schloß steckte, hörte ich das Telephon klingeln. Es war Claire. Sie hatte eine sonderbare kleine Stimme.

– Ich kann nicht kommen.

– Wie schade. Kannst du nicht oder willst du nicht?

Es wurde ganz still am andern Ende der Leitung.

– Bist du noch da, sagte ich.

– Ich denke nach, sagte sie.

Übrigens geht es ihm schlechter. Ich habe mit dem Krankenhaus gesprochen. Er hat eine Art Lungenentzündung bekommen.

– Verdammt, sagte ich.

– Lars, sagte sie.

– Ja, sagte ich.

– Hast du mich wirklich gern?

– Warum fragst du, sagte ich.

– Ich habe solche Angst. Ich finde, es fängt alles an, so schrecklich zu werden.

– Ich habe dich gern.

– Glaubst du, daß er sterben wird?

– Ich habe auch schreckliche Angst. Aber es muß doch um Himmels willen Penicillin geben. Wenn du Angst hast, könntest du doch hierher zu mir kommen? Kannst du nicht heute abend herüberkommen?

– Ich kann nicht.

– Dann komm, wenn du kannst.

– Ja.

– Tschüß.

Nun vergingen die kurzen Tage sehr schnell. Ich tat meine Arbeit in der Schule so gut ich konnte, ein wenig mechanisch, ein wenig zerstreut, aber immerhin einigermaßen ordentlich.

Außer Lars hatte ich noch einen Schüler im Krankenhaus, es war Kent, der Bier getrunken hatte und auf dem Moped mit einem Personenwagen zusammengestoßen war, aber er lag in Fagersta. Ein kleiner speckiger Kerl mit massenhaft Pickeln, aus dem ich nie besonders viel herausbekommen hatte, der aber trotzdem seine Aufgaben und Klassenarbeiten den ganzen Herbst über mit mürrischer Hartnäckigkeit bewältigt hatte. Er hatte einen Schlüsselbeinbruch.

Es kam vor, daß Claire und ich einander in den Pausen und auf den Gängen begegneten. Das war ein bißchen seltsam, keiner von uns konnte es so recht ertragen. Natürlich versuchten wir so zu tun, als wären wir einander völlig gleichgültig und wüßten auch nicht besonders viel voneinander.

Das Komische daran war, daß wir, wenn wir auf diese Weise Gleichgültigkeit vortäuschten, das Gefühl hatten, einander völlig gleichgültig zu sein.

Opfer eines Systems, könnte man sagen, oder Schachfiguren, die außerhalb des Schachbretts gelandet sind, oder Schlösser, zu denen ein Schlüssel fehlt.

Ein einziges Mal begegneten wir uns ganz allein in einem Gang; ich kam mit einem Stapel von Heften unter dem Arm an, streckte eine Hand aus und berührte die ihre, wir lachten einander zu, und schon nach einer Sekunde sahen wir uns nicht mehr, aber den ganzen Nachmittag über (in dem Raum, wo es unter den weißen Neonleuchten nach nassen Schülern roch) legte die Erinnerung eine kleine dünne blutrote Schicht, eine Lasur, über alles, was geschah.

Am vierzehnten Januar war in der Zeitung zu lesen, daß das Hüttenwerk die halbe Belegschaft entlassen würde. Es war die ›Vestmanlands Läns Zeitung‹, die die Nachricht zuerst brachte, und am Nachmittag wurde es den Angestellten mitgeteilt. Die Gewerkschaft und das Bezirksarbeitsamt nahmen an dem Treffen teil. Man hoffte, daß die meisten zum Bereitschaftsdienst beim Bau des letzten Stücks der neuen Industriestraße eingesetzt werden könnten, die jenseits des Sees zwischen Virsbo und Ramnäs verlaufen sollte, es war übrigens eine Straße, die durch einige der schönsten Vogelgebiete von Västmanland führen sollte, über Moore, zu denen man sich in meiner Kindheit hinschlich, um nach Kranichen Ausschau zu halten, vorbei an den kleinen verlassenen Katen, Rulltorpet, Naddtorpet, wo in meiner Kindheit noch Leute wohnten. Sie haben seit den vierziger Jahren leergestanden, weil die Waldbesitzer ungern Pächter haben wollten, die sich ihren Holztransporten und ihrem Raubbau widersetzten und auf gemeinsamer Wartung der Straßen im Winter bestanden. Kleine Häuschen am Waldrand oben, mit Fenstern, die seit zwanzig Jahren zertrümmert sind, Türen, die hin- und herschwingen, Tapeten, die in Fetzen von den Wänden hängen, einem Geruch nach verfaultem Holz und zerschlagenen Flaschen auf den Fußböden.

Und durch das Kranichgebiet dort oben soll die neue Straße führen.

Es ist seltsam: ich träume oft von dieser Gegend, und immer den gleichen Traum. Ich rudere im Schilf umher, genau dort, wo der Kolbäcksån in den See Norra Nadden einmündet und wo es riesige Schilfwälder gibt. Eine Art Deltagebiet, wir befinden uns hier viel tiefer als an der Wasserfläche des Åmänningen oben, drei Schleusen weiter unten. Das Schilf breitet sich nicht gleichmäßig aus, es gibt eine Art von offenen Kanälen darin, Windbrunnen würde man dazu sagen, wenn es Winter wäre, aber das ist es ja nicht.

Seevögel flattern ringsumher auf, wenn man dort drinnen in den Kanälen herumrudert, jedenfalls taten sie das, als ich noch ein Junge war, wie es jetzt ist, weiß ich nicht so genau, weil ich nicht dagewesen bin, seit ich in dem Alter war. Wir pflegten im Frühjahr dort herumzurudern und dort drinnen Reusen für die Hechte auszulegen, als ich ein Junge war. Und als ich aufs Gymnasium ging, pflegte ich in den Sommerferien auf dem Boden eines driftenden Kahns zu liegen und Bücher zu lesen.

Von diesen Kanälen im Schilf jedenfalls träume ich immer noch, es ist ein Traum, der immer wiederkehrt und der etwas so Melancholisches und Erschreckendes an sich hat, daß er jedesmal, wenn er kommt, auf den ganzen Tag abfärbt, bis weit in den Nachmittag hinein.

In einer der Öffnungen im Schilf, man hört die ganze Zeit das Geräusch des Windes, der durch die tiefgrünen, harten Blätter streicht, und das Geräusch der Ruderschläge und der Vögel, die ein Stück weiter weg sind, in einer der Öffnungen im Schilf stoße ich auf einen dunklen, nach Teer duftenden Kahn, der dahintriftet. Auf seinem Boden liegt ein totes junges Mädchen, ganz unberührt von der Zeit und von allem, was ihr hätte schaden können. Sie liegt dort, und ein paar Spinnen haben ihre Netze über ihr Gesicht gespannt, aber das ist auch alles.

Zuerst bekomme ich immer ein wenig Angst, wenn ich im Traum dort auf sie stoße, aber dann beruhige ich mich, denn ich erinnere mich: *ach ja, sie ist ja schon immer dort gewesen.*

Ich frage mich oft, wer sie ist. Ich habe von ihr geträumt, fast so lange, wie ich mich zurückerinnern kann. Ist sie etwas, was beweist, daß ich auf dem Weg bin, irrsinnig zu werden? Ich finde oft, daß es wie ein irrsinniger Traum klingt. Nichts würde mich übrigens weniger wundern, nach diesem letzten Jahr, als wenn ich tatsächlich irrsinnig würde. Ich habe mich selbst genug überrascht, um das als ganz natürlich zu empfinden.

(Und während ich schreibe, beginnt tatsächlich dieses verdammte Pochen in meiner gequetschten und zerfetzten Hand, als wollte es mich wieder an etwas erinnern, Gott weiß woran.)

Oder ist sie etwas, das immer in mir gewesen ist, das eines Tages *aufwachen* könnte? Und was geschieht dann, wenn sie aufwacht?

Oder ist sie ein Bild für die Landschaft selbst, etwas, was dort ist und eines Tages erwachen wird? Zum Laut der trompetenden Kraniche? Die geheimnisvolle, schlafende Jungfrau der Landschaft?

Vielleicht werde ich aufhören von ihr zu träumen, wenn die Straße fertig ist, vielleicht wird diese bewirken, daß sie dann für immer wegbleibt?

Jedenfalls hoffte man, daß bei diesem Straßenbau zwischen Schilf und Mooren, der einen gewaltigen Schnitt durch die Landschaft machte, ein paar Leute Arbeit bekommen würden. Und die anderen? Ein bißchen Holzfällen, siebzig oder achtzig Kilometer mit dem Auto pendeln, fort von Haus und Hof, das Häuschen würde zu einem Ort werden, an dem man das Wochenende über wohnt, weiß der Teufel.

Das ganze Werk war in Aufruhr, das heißt, in Aufruhr war es keineswegs, aber es war verzweifelt. Vor dem Trummelsberger Anzeiger und dem Spirituosenladen standen sie in Gruppen und redeten. Gerüchte gingen um, daß an der gesamten Finanzlage etwas faul sei, daß das Ganze vielleicht stillgelegt und der Rest auch noch aufgekündigt werden würde.

Es war so ein Tag, an dem es nicht leicht war, die Klasse für Logarithmen zu interessieren. Die meisten von ihnen waren auf irgendeine Weise in das verwickelt, was geschah.

Schließlich sagte ich in aller Deutlichkeit – wir hatten Physik und wollten eigentlich Berechnungen mit Hilfe der Wheatstone-Brücke anstellen – jetzt müßt ihr entweder aufhören, miteinander zu reden, und euch auf das konzentrieren, was hier vorn an der Tafel gerechnet wird, oder aber wir machen die Bücher zu und diskutieren alle über das, was in Trummelsberg passiert ist.

Sie waren einverstanden, es brauchte nicht eigens eine Abstimmung gemacht zu werden, und ich sagte:

– Also, ein großer Teil von euch wird auf verschiedene Art und Weise davon betroffen sein, daß dreihundertfünfzig Mann im Werk nicht mehr beschäftigt werden. Dies wird so formuliert, wie ihr es in der heutigen Zeitung lesen könnt, daß es für dreihundertfünfzig Mann keine *Arbeitsmöglichkeit* mehr gibt. O. K. Das ist es, worüber ihr diskutieren wollt. Gut, wir wollen dieses Problem so zerlegen, wie man ein mathematisches Problem zerlegt. Was fehlt also? Ist es so, daß es hier im nördlichen Västmanland keine Arbeit mehr gibt, die getan werden müßte? Ist die Landschaft fertig? Befindet sich alles in einem vollendeten Zustand? Haben wir all die Krankenhäuser, die Schulen, die Fernsprechleitungen, die wir brauchen?? Sind alle Kanäle gereinigt, alle kaputten Häuser repariert, alle Äcker urbar gemacht?

Hat jemand eine Idee?

– Nein, sagte eins von den fleißigen Mädchen auf der ersten Bank.

– Gut, sagte ich, dann schreiben wir hier ein *nein* hin. Aber was fehlt denn dann, sagte ich.

– Sie wollen kein Geld investieren, rief jemand.

– Gut, sagte ich. Hier schreiben wir hin: *Investitions-Kapital.* Na, was ist das? Wo gibt es das? Warum?

Es war ein Glück, daß es gleich danach zur Pause läutete, weiß der Teufel, wo wir hätten landen können, wenn wir weitergemacht hätten. Es würde natürlich trotzdem früher oder später dem Direktor zu Ohren kommen, daß ich politischen Unterricht gäbe, aber es würde wohl nicht so schlimm sein, da ich der letzte von den Lehrern an der Schule war, den jemand im Verdacht haben konnte, politischen Unterricht zu geben.

– Lars, der ist knochentrocken. Der tut seine Pflicht.

An diesem Abend kam Claire zu mir nach Hause. Es klopfte, dann stand sie einfach da.

Sowohl ihr Vater als auch ihr Bruder sollten entlassen werden, und das war das erste, was sie mir erzählte.

Das war das erste, worüber wir redeten, und wir redeten ziemlich lange darüber. Von dem Jungen im Krankenhaus redeten wir nicht so viel.

Ich sagte: es ist klar, daß ich niemals angefangen hätte, mich für ihn zu interessieren und ihm Unterricht zu geben, wenn ich mich nicht selbst in ihm wiedererkannt hätte. Ich bin früher einmal in einem gewissen Alter genauso gewesen wie er, und aus mir ist, wie du siehst, nichts geworden. Ich habe gemeint, daß er eine Möglichkeit wäre, noch einmal anzufangen.

Sie schüttelte den Kopf und rutschte von dem Stuhl, auf dem sie saß, herüber auf das Sofa unter der gelben Leselampe, auf dem ich saß, klein und rund wie ein Ei und weinte, und ich ließ sie weinen, und mitten in ihrem Weinen bemerkte ich, daß sie keinen Büstenhalter trug.

Später am Abend brachte sie mir die unglaublichsten Dinge über Jugendheime und Verdünnungsmittel bei, und wie es an solchen Orten zugeht, so daß mir klar wurde, daß ich zu einer Generation gehörte, die überhaupt nichts erlebt hatte, als wir im gleichen Alter waren wie sie, und ich einen Augenblick lang das Gefühl hatte, mit jemandem zu reden, der aus einem fremden Land hierhergekommen ist. Aber das Land war mein eigenes.

Und dann:

Die Uhr, die die Stunden schlägt. Ruhiger Atem im Wechsel mit unruhigem Atem, Gold, das im Dunkel alles Licht an sich zieht und matte kleinen Sonnen, die leuchten und mitten im Schneetreiben zu großen weißglühenden Sonnen anwachsen.

Der Junge starb am 18. Januar.

Er war nicht wieder zu Bewußtsein gekommen, und unterdessen hatte die Lungenentzündung ihr Werk getan.

Vielleicht hätte ein anderes, ein weniger fabrikmäßiges Krankenhaus es besser machen können. Vielleicht wäre es ihm besser ergangen, wenn er jemand anders gewesen wäre. Aber er war nur ein hoffnungslos durch Verdünnungsmittel vergifteter, sommersprossiger kleiner Kerl aus Trummelsberg, mit Wieselaugen, die das Tageslicht nicht mehr erblickten. Sie konnten ja nicht wissen, wer er war. Sie konnten ja nicht wissen, was für Geheimnisse unter dieser dünnen, schmalen kleinen Schädeldecke ruhten. Sie konnten ja nicht wissen, was für ungeheure Einblicke ins Zahlenuniversum sich ihm schon in ein paar Jahren eröffnet hätten. Sie konnten ja nicht wissen, daß irgend etwas sich vielleicht um zweihundert Jahre verspäten wird, jetzt, da er tot ist. Vielleicht haben sie ihr Bestes getan, vielleicht bin ich nur mißtrauisch, vielleicht versuche ich, anderen die Schuld zuzuschieben, weil ich weiß, daß ich selbst meinen Anteil daran habe. Ich habe nicht vor, ans Sozialamt zu schreiben.

Es ist nur so, daß ich es niemals richtig ernst genommen habe, daß er sterben könnte. Es ist alles so schnell gegangen. Ich hätte sicherlich alles viel besser verstanden, wenn ich ein wenig Zeit gehabt hätte.

Wenn dies alles jemand anders passiert wäre, er hätte es sicher ins reine gebracht. Das ganze Unglück war, daß es mir passieren mußte.

Vielleicht hätte er selbst durch die allerbeste, intensivste Pflege nicht gerettet werden können. Vielleicht war es wirklich so, daß er sterben wollte.

Und auf irgendeine Weise ist es meine Schuld, alles meine Schuld, es ist nur so, daß ich nicht dahinterkommen kann, auf welche Weise.

Als ich es erfuhr: es war der Direktor, der in einer Pause davon berichtete, rannte ich zum Telephon und rief das Krankenhaus an. Ich mußte natürlich warten und warten, bis irgendein Idiot kommen und den Hörer abnehmen würde, und während ich da stand und wartete, wurde mir klar, daß sie nichts würden sagen können, was ihn wieder lebendig machen könnte. Genaugenommen hatte ich nichts mehr mit der Sache zu tun.

Nichts war übriggeblieben.

Ich hatte ihn aufgeweckt, und er hatte gesehen, wer er war. Und er hatte es nicht ertragen. So einfach war das.

In einer mächtigen Wand war irgendwo ein Riß entstanden, und mit dem, was hereinströmte, konnten wir nicht fertigwerden. So war das.

Ich habe ausgerechnet, daß er im Jahre 1986 genauso alt geworden wäre, wie ich es jetzt bin. Ich denke viel darüber nach, was mit ihm geschehen wäre. Ich bin zu dem Schluß gekommen, daß er entweder Professor am Michigan Institute of Technology wäre oder im Wald draußen Autos zusammenschweißen würde, oder daß er im Gefängnis säße. In gewisser Weise könnte man sagen, daß niemand ihm eine Chance hätte geben können. Es ist überhaupt niemand da, der uns eine Chance gibt. Wir fallen kopfüber, und niemand fängt uns auf.

Also müssen wir selbst etwas tun. Herrgott noch mal, wie sollen wir aus dieser Passivität herauskommen!

Und ich komme auf jeden Fall immer wieder auf die gleiche Frage zurück: Was ist in ihn gefahren?? Was hat er sich wohl gedacht? Oder hat er überhaupt nicht nachgedacht?

Mein Gott, wir meinen, daß unsere Mitmenschen so klar wären, so leicht zu verstehen, wir meinen, daß wir so einsichtig wären. Und dieses Gefühl hält nur so lange an, bis sie zu handeln beginnen, niemals länger.

Der Rest ist so verdammt trivial

Der Rest ist eine so verdammt triviale Geschichte. Ich suchte drei Tage lang nach Claire, ich versuchte sogar, ihr telephonisch über die Nachbarn ihrer Eltern eine Nachricht zukommen zu lassen. Es half alles nichts. Sie war wie vom Erdboden verschluckt.

Sie war ja sozusagen das einzige, was mir geblieben war.

Plötzlich taucht diese verflixte Ingrid auf, schaut abends bei mir herein, munter und neugierig, und sagt:

– Warum läßt du nie was von dir hören, du hast Kummer gehabt, wie ich erfahren habe, dieser Junge ist gestorben.

– Ja, über Weihnachten hat es einigen Kummer gegeben, sagte ich.

– Du siehst ziemlich kaputt aus. Sie reden über dich im Kollegium.

– Was denn, sagte ich.

– Sie sagen, es sei dir sehr nahegegangen, daß so etwas in deiner Klasse passieren mußte.

– Es ist nett von dir, daß du gekommen bist, sagte ich, aber es gibt nicht viel, was du für mich tun könntest. Über solche Sachen muß man allein hinwegzukommen versuchen, dabei kann einem niemand anders helfen.

– Daß du es aber auch so schwernimmst.

– Ja.

U.s.w.

Am dritten Tag tauchte Claire in der Schule auf. Ich sah sie in ihr Klassenzimmer gehen. Ich versuchte, ihren Blick zu fangen, aber es gelang nicht. Ich sah sie zweimal an diesem Vormittag, aber sie entwischte so flink, daß sich mir keine Chance bot.

Ich bekam sie auf dem Weg in die Schulkantine zu fassen, es führt ein Gang mit einem gewellten Kunststoffdach drüber dorthin, das hat sich der Architekt so ausgedacht, damit man an Regentagen nicht naß wird, und es waren nur ein paar kleine Jungens da, die Ball spielten.

– Claire, sagte ich, ich muß mit dir reden.

– Es geht nicht, sagte sie. Ich kann nicht mit dir reden. Ich kann nicht.

– Um Gottes willen, sagte ich.

– Ich kann nicht. Es geht nicht mehr. Nicht jetzt. Geh weg!

Es wurde mir allmählich bewußt, daß der eine oder andere vielleicht zu uns hersah, aber das war mir jetzt vollkommen egal. Ich wäre bereit gewesen, auf meinen Knien über die Betonplatte zu rutschen, wenn es sich so ergeben hätte. Sie hatte heute Stiefel an, richtig gediegene, etwas abgetragene Skistiefel, denen anzusehen war, daß sie sehr lange nicht mehr mit Schuhcreme in Berührung gekommen waren, Stiefel und Skihosen und wieder diese unmögliche Jacke. Ich bemerkte plötzlich, wie klein und zerbrechlich sie eigentlich war, das ließ mich zittern vor Zärtlichkeit. Ich nahm sie ganz einfach bei der Hand.

Das rote Haar sah müde und naß aus, die Augen waren rot, ich weiß nicht, ob sie geweint oder ganz einfach lange nicht mehr geschlafen hatte. Alles in ihrem Gesicht floß in einer jugendlichen Unbestimmtheit, einer Verworrenheit ineinander, die die ganze Welt zu erfüllen schienen. Demütigung, Verwirrung, Trauer, Zärtlichkeit, brutaler Trotz, Zynismus und Wärme, und all das zugleich und durcheinander.

Ob ich lange leben werde oder kurz, dieses Gesicht werde ich niemals vergessen. Es versuchte mir etwas zu sagen, und es war mir nicht möglich, zu erkennen, was es zu sagen versuchte. Etwas, was eine Wahrheit über mich selbst war, solch eine Wahrheit, bei der man nicht mehr weiß, ob man es überleben wird oder nicht, wenn man sich ihr öffnet und sie in sich aufnimmt.

Wir gingen ein paar Schritte, Hand in Hand, in einer Art von vollkommener Leere. Wenn wir uns auch noch so sehr angestrengt hätten, es wäre doch keinem von uns etwas eingefallen, was wir hätten sagen können. Bestimmt waren Leute rings um uns her. Sie zerflossen in einer Art von Nebel. Sie hätten sich auf meine Zehen stellen können, ohne daß ich sie bemerkt hätte.

Und in dieser Leere war eine solche Erniedrigung, aber auch ein so intensives Gefühl von versteckten Möglichkeiten, von möglichem Leben, das niemals verwirklicht werden würde, daß es mir darüber schwindlig wurde, daß eine Leere so inhaltsreich sein kann.

Wir gingen ein paar Schritte, wie ich sagte, in dieser Leere, und ich hielt immer noch ihre Hand fest.

Plötzlich, ganz blitzschnell, machte sie sich los. Sie tat es auf eine so eigentümliche und gehässige Weise, daß ich vor Schmerz laut aufschrie. Sie nahm zwei meiner Finger und riß sie mit einer blitzschnellen Bewegung nach hinten. Es tat entsetzlich weh, aber seltsamerweise gab es keinen Bänderriß.

– Laß mich in Ruhe, schrie sie. Ich will dich nie mehr sehen.

Dunkelheit.

Dunkelheit.

Noch dunklere Dunkelheit.

Und das gleiche abscheuliche Gefühl wie früher einmal, als ich zehn Jahre alt war und einfach aus Versehen in einer Turnstunde in die Hosen geschissen hatte. Die ganze Klasse folgte mir alle Treppen hinunter, von der Turnhalle an, die ganz oben in der riesigen alten Schule lag, bis hinunter aufs Klo, eine lange, lachende, fröhliche, ausgelassene Prozession, und ihr Lachen wie schreiende Möwen über einem Schiff auf hoher See.

Und das Erstaunen: *Warum nimmt sich niemand meiner an?* Warum kümmert sich niemand um mich, obwohl es mir so schlechtgeht? Eingesperrt in diese Leidenschaft wie eine Maus in der Mausefalle. Ich sah diesen blassen Körper, diese roten Haare überall um mich her, wo ich ging und stand, und es wuchs sich zu einem Schmerz im Zwerchfell aus, zu einem Schmerz im Hinterkopf, der nicht einmal im tiefsten Schlaf nachließ.

Erst jetzt, als sie einfach nicht mehr da war, erfüllte sie die ganze Welt mit ihrem Schweigen, ihrer Abwesenheit, ihrer Weigerung, mit mir zu reden.

Ich sagte zu mir selbst: es ist doch nur ein Schulmädchen, zum Teufel, ein ganz gewöhnliches Mädchen. Du hast doch vorher auch ohne sie leben können!

Die Erde hat zur Zeit etwas mehr als vier Milliarden Einwohner. Wenn wir drei Milliarden für Männer, Greisinnen, Kinder und Kranke abziehen, bleibt eine Milliarde Frauen, die in Frage kämen. Wie groß ist die Wahrscheinlichkeit, daß du dich in irgendein beliebiges Mädchen oder in irgendeine Frau unter ihnen wahnsinnig verlieben könntest? Eins zu tausend? Weniger! Eins zu zehntausend? Weniger! Eins zu hunderttausend? Eine von hunderttausend Frauen im normalen Alter mit normalem Aussehen! Wenn du eins zu einer Million sagtest, wärst du homosexuell, sagen wir also eins zu hunderttausend, und das ist immer noch eine ungeheure Übertreibung, denn kein Mensch hat jemals die Chance, in seinem Leben mit hunderttausend Frauen lange genug zusammenzusein, um wissen zu können, ob er sich in eine von ihnen verlieben könnte oder nicht.

In Wirklichkeit ist deine Auswahl auf einen Kreis von höchstens tausend Frauen beschränkt, daran ist nicht zu zweifeln, aber sagen wir trotzdem eins zu hunderttausend. Wir wollen es mit der Genauigkeit übertreiben, so wie es die Astrophysiker tun, wenn sie zu berechnen versuchen, welche Chancen es für intelligentes Leben auf fremden Planeten geben könnte. Eins zu hunderttausend!

Das bedeutet, daß es 10000 Frauen auf der Erde gibt, in die du dich sterblich, abgrundtief verlieben könntest, zehntausend Frauen, die für dich die ganze Welt mit Schweigen oder mit Leben erfüllen könnten.

Und von den zehntausend ist jede vierte eine Chinesin! Und mindestens zwanzig davon sind Tscherkessinnen! Und etwas weniger als vier sind Schwedinnen!

Die einmalige Liebe ist also ein verdammter Mythos! Jawohl! Und hier sitze ich auf meinem Stuhl und winde mich vor Schmerzen, die ebenso handgreiflich sind, als wenn jemand einen meiner Eckzähne bis auf die Wurzel aufbohren würde, weil ein kleines, rothaariges, noch nicht ganz reifes, noch nicht ganz ausdrucksfähiges Mädchen sich weigert, mit mir zu reden!

Ich bin in sie eingesperrt wie in eine Mausefalle! Die ganze Welt ist eine Mausefalle! Und ich werde in dieser Falle wie eine übergeschnappte Maus die Wände entlangrennen und alles zerbeißen und zerkratzen, bis ich vor Erschöpfung sterbe.

Warum, zum Teufel, habe ich daran glauben müssen! Ich habe doch gewußt, daß der, der so etwas versucht, in der Mausefalle landet!

– Ich verstehe das, sagte er.

Es wurde mir bewußt, daß ich mich nach langer Zeit wieder ruhiger fühlte, es war eine Ruhe der Verzweiflung.

Vor allem aus einer Art Instinkt heraus, ungefähr wie ein Reh, das sich im Winter auf seinen wunden Beinen durch die verharschte Schneedecke zu einer Stelle hinschleppt, wo jemand auf einer Lichtung Futter ausgelegt hat, schleppte ich mich zu Ebbeling hinaus. Ich war für den Rest des Monats krank geschrieben, alle waren sich in rührender Weise darüber einig gewesen, daß ich Ruhe brauchte.

Es war nicht leicht, einen von den beiden Taxifahrern, die es noch in Trummelsberg gab, dazu zu überreden, mich auf der schlecht geräumten Straße bis hinaus zur Landzunge zu Ebbeling zu fahren. Mehrmals war ich ganz sicher, daß wir im Schnee steckenbleiben oder vom Weg abkommen würden, aber wir kamen trotzdem durch. Fährt er selbst nie Auto? Oder will er, daß es schwierig ist, mit dem Auto dorthin zu kommen? Vielleicht hat er Angst vor fremden Autos, alt und einsam wie er ist?

– Du hättest es selbst genauso gemacht, sagte ich. Du hättest mit ihr geschlafen, wenn du eine Gelegenheit dazu gehabt hättest.

– Selbstverständlich, sagte er.

– Wenn du es getan hättest, hätte es nur bedeutet, daß du ihr Bedürfnis nach einem Vater ausgenützt hättest.

– Ich pfeife darauf, was ich ausgenützt hätte, sagte er. Dein Fehler ist, daß du versucht hast, ein Schulmädchen zu deiner Mutter zu machen und gleichzeitig ein Vater für sie zu sein.

– Das fängt an, etwas zu kompliziert für mich zu werden, sagte ich. Es geht über meinen Horizont.

– Ich habe geglaubt, daß du Mathematiker bist.

– Wenn du so wütend auf mich bist, kann ich ja wieder gehen.

– Nein, geh nicht. Aber du hast dich verdammt blöd benommen.

– Das weiß ich.

– Man soll anderen Menschen nicht so etwas aufbürden, wenn sie nicht stark genug sind, um es zu ertragen.

– Ich habe gesagt, daß ich gleich gehen werde. Kannst du für mich nach einem Taxi telephonieren?

– Nein. Wart ein bißchen.

Wir saßen in den Korbstühlen unter den Leuchtröhren im Atelier. Es gab dort sogar eine Infrarot-Heizung, die von der Decke her eine angenehme Wärme ausstrahlte.

Das große Bild ›Interieur 1969‹ war jetzt ein ganzes Stück weiter gediehen.

Es stellte eine Waschküche dar, eine von diesen Waschküchen im Keller eines Hauses, mit Zementwänden und Waschkessel. Aus einem hoch angebrachten Fenster zur Linken fiel blaugrünes Licht über die Wände.

– Ich werde dir etwas zeigen, sagte er und begab sich zu einem von den großen Schränken im Atelier, zog die Schiebetür auf und begann, in dem Haufen von Gegenständen dort drinnen herumzuwühlen.

Er kam mit einem altmodischen Photoalbum zurück, rückte den Korbstuhl näher an meinen heran und zeigte es mir. Die meisten Photographien machten einen völlig nichtssagenden Eindruck.

Eine Dame im schwarzen Kleid mit einem hohen Kragen, der von einer Brosche zusammengehalten wurde.

– Das ist meine Mutter, sagte er. Und das ist mein Vater.

Ein hochgewachsener Mann mit einem kräftigen Schnurrbart wie der von Wilhem II. und mit hohen, kahlen Schläfen. Eine große Nase, die von fern an Ebbelings eigene erinnert, harte, fast stechende Augen, die direkt in die Kamera hineinstarren.

– Dieses Photo muß etwa um 1903 gemacht worden sein. Damals war er Direktor beim Stadtreinigungsamt von Sundbyberg.

Er verlor sich in Gedanken.

– Er war es, der mich dazu brachte, Ekelund zu lesen. Wenn ich nicht angefangen hätte, Vilhelm Ekelund zu lesen, wäre ich nicht Maler geworden: »Für manche Wunden ist es am besten, wenn sie offengehalten werden.«

– Ich verstehe den Zusammenhang nicht, sagte ich.

– Der ist auch nicht ganz leicht zu verstehen.

Herrgott, was für ein entsetzlicher Tyrann. Wir hatten übrigens ein phantastisches Klo in dieser Wohnung. Stuck an der Decke und eine kleine Erhöhung aus Kacheln für das eigentliche Klosett. Es sah tatsächlich aus wie ein Thron.

Es war ein Haus in der Birger Jarlsgatan, ich habe keine Ahnung, wann es gebaut worden ist, im ersten Jahrzehnt dieses Jahrhunderts vielleicht, ich weiß nicht, ob dieses Klo von Anfang an da war oder ob es später eingebaut worden ist, vielleicht vor der Kreuger-Katastrophe, jedenfalls war es ganz unglaublich. Mit geschliffenen Spiegeln und mit Lampen im Jugendstil an der Decke.

Dort saß er auf alle Fälle die letzten Jahre den ganzen Morgen lang, von halb sechs Uhr bis um acht. Mit seinem Magen war irgendwas nicht in Ordnung, er hatte irgendeine entsetzliche Verstopfung, und da saß er und stank wie eine Art Scheißkaiser auf seinem Thron. Dorthin wurden wir morgens zu Gerichtsverhandlungen bestellt. Immer gab es irgendwas, was schiefgelaufen war, und er brüllte, daß es von den Kacheln widerhallte. Wir sollten richtig angezogen sein, was immer das heißen mochte, denn wir bekamen niemals neue Kleider und sahen so aus, daß uns die Klasse auf dem Schulhof hänselte. Wir sollten saubere Fingernägel haben und unsere Schulaufgaben können.

Und da saß er wie ein richtiger Scheißkaiser und beschimpfte mich und meine Schwester, die Hosen heruntergezogen, das Gesicht blau vor Anstrengung, und die Stimme hallte immer lauter und lauter zwischen den Kachelwänden. Er erfüllte die ganze Welt, verstehst du! Die ganze Welt!

Meine Schwester kam mit schlechten Noten aus der Schule heim; sie war anämisch und unglücklich und schwach, das arme kleine Ding, und kam nicht besonders gut mit. Er schimpfte sie aus, bis die Tränen nur so strömten und sie vor lauter Weinen einen Schluckauf bekam.

Dann kam ich dran. Ich war ein Taugenichts, der sich nur in seinem Zimmer einschloß und das Grammophon laufen ließ, ich hatte ein Koffergrammophon, das ich durch einen Tauschhandel von einem Kameraden erworben hatte, ein onanierender Schwachkopf, aus dem niemals etwas werden würde. Mein Gehirn würde zerschmelzen. Frau Sjögren hatte wieder Flecken auf dem Laken gesehen. Ich onanierte. Wenn man onaniert, läuft das Rückenmark aus, das Gesicht wird schwarz, langsam aber sicher, man büßt seinen Verstand ein. Bald würde ich in der Schule nicht mehr mitkommen, wenn ich mit dem Onanieren weitermachte, und mit der Zeit würde ich in der Irrenanstalt landen.

Die Irrenanstalt war die einzige Zukunft, die ich hatte.

Ich stand natürlich da und bebte vor Wut und Furcht und errötete vor Scham und wurde bleich vor Verzweiflung.

Und die ganze Zeit über hoffte ich, daß der Scheißkaiser auf seinem Thron einen Schlaganfall bekommen und herunterfallen würde, aber das tat er nicht.

Statt dessen wurde er bei der Kreuger-Katastrophe ruiniert, und wir wurden fortgejagt und in Sörmland einquartiert, das war natürlich unsere Rettung.

Ganz hinten in der Wohnung gab es einen langen schwarzen Korridor. Es war sozusagen die abgewandte Seite der Wohnung, hinter dem Salon und dem Eßzimmer und der guten Stube, und dort roch es nach altem verschimmelten Brot. Die Schlafzimmer lagen wie kleine Zellen an diesem Korridor. Wenn er dort nach uns schrie, funktionierte er wie eine Art Verstärker, eine Tuba.

Dann gab es auch Tage, an denen er kein einziges Wort sagte. Wir bekamen durch Frau Sjögren kleine Zettel. In meinem Zimmer gab es außer dem Grammophon ein Eisenbett und ein Bücherregal. Malen durfte ich nicht, denn das machte den Fußboden schmutzig.

Es war erstaunlich, daß wir überhaupt etwas zu essen bekamen. Aber verstehst du, dieses Klo ..., nein, zum Teufel, darüber kann ich nicht reden ...

Er schlug mit einem Knall sein Photoalbum zu. Eine Staubwolke kam heraus.

– Magst du einen Whisky?

– Ja, danke.

– Du bist noch ziemlich jung, weißt du. Dies mit den Wegen der Freiheit ist eine Sache, die man ziemlich langsam lernt. Ich verstehe mich eigentlich überhaupt nicht auf das Zeitalter, das dabei ist, deine Schüler zu prägen, ich versteh mich sogar kaum auf das Zeitalter, das dich geprägt hat. Aber das, welches mich geprägt hat, hatte seine schauderhaften Seiten, und trotzdem war es möglich, auch aus solchen Kindheiten auszubrechen. Du verstehst, was ich meine?

Auch du wirst aus der Mausefalle herausfinden, wenn du nur ruhig bleibst, so ruhig wie du kannst.

– Ich will nicht zuviel sagen, sagte ich, aber soviel ist klar, deine Zeit hatte greifbarere Feinde als meine. Ihr habt euch nicht mit einem Nebel herumgeschlagen, ihr hattet sichtbare Tyrannen, Scheißkaiser, Päpste auf ihren Thronen. Aber wir, wir schlagen uns mit Schemen herum. Ihr hattet die Macht sichtbar auf ihrem Thron, wir haben sie als Schmerz im Hinterkopf, als Spinnwebennetz von Halbwahrheiten rings um uns her.

– Zerreiß doch das Netz!

– Dann bleibt man nur besser hängen!

Er ging für eine Weile zum Fenster hinüber. Es war wirklich ein riesiges Fenster, ich glaube, ich habe eine solche Scheibe noch nie gesehen. Zwischen den Bäumen schimmerte der Åmänningen wie ein weißes Nichts. Jenseits davon, zehn Kilometer weiter weg auf der Landstraße, tauchte ein matt blinkendes Licht auf und verschwand wieder. Der letzte Zug, der im Ängelsberger Bahnhof um Viertel nach neun ankommt, war durchgefahren.

Es schien draußen vollkommen still zu sein. Das Mädchen war bei mir in diesem Zimmer, ganz gegenwärtig, obwohl sie nicht anwesend war. Sie war da wie ein Schmerz, ganz einfach. Ein Schmerz, aber ich hätte doch nicht ohne ihn sein wollen.

Sie war der einzige Inhalt, den ich hatte, und sie sollte es lange bleiben.

– Das Dümmste, was du jetzt tun könntest, wäre, daß du dich ihr aufzudrängen versuchst. Es kann sein, daß sie loskommt aus den – wie soll ich sagen –, den rätselhaften Widerständen – und wieder mit dir reden kann. Das Wahrscheinlichste ist, daß sie das nicht tut, aber du sollst jetzt auch nichts tun.

– Wie ist es deiner Schwester ergangen, sagte ich, denn ich spürte eine Lust zu fragen, die so stark war, daß es mir egal war, ob ich verletzte.

– Sie hat es nicht geschafft.

Sein Gesicht war völlig ausdruckslos, und er drehte sich wieder zum Fenster um. Das ferne Auto war verschwunden. Über Trummelsberg war der Himmel matt erleuchtet, auch über Fagersta sah man einen helleren Fleck.

Der Abend des sechzehnten September 1970 brach an, sehr warm und mild. Ich kam mit dem Bus von Trummelsberg, und erst als ich ausstieg, merkte ich, daß eine große Anzahl von den Mitgliedern der FNL-Gruppe der Schule ganz hinten im Bus gesessen hatte, ohne daß es mir aufgefallen war. Sie hatten in den Gepäcknetzen Spruchbänder und Stangen dabei, und ich blieb stehen und wartete auf sie, bis sie ausgeladen hatten. Zwei davon waren aus meiner eigenen Klasse, Håkansson und Lind.

Daß ich hierhergefahren war, war mein eigener Entschluß gewesen, ganz und gar mein eigener. Es war sozusagen meine eigene, ganz private Demonstration, und sie hatte auf eine schwerverständliche Weise etwas mit dem Schmerz zu tun, der in jeder wachen Stunde des Tages und der Nacht an mir nagte, der Sehnsucht nach Claire.

Die Rücksichtnahme dem Kollegium und dem Direktor gegenüber konnte ich getrost zum Teufel jagen. Es war doch nur eine Frage der Zeit, wie lange ich noch bleiben würde. Natürlich war die ganze Geschichte mit Claire nach dieser Episode auf dem Schulhof mehr oder weniger verzerrt und aufgebauscht herausgekommen.

Es war noch Sommer in der Luft, die Bäume des Vasaparks ragten mit schweren Laubmassen über dem kleinen Lokal auf, wo ein paar Saufbrüder in den Beeten herumkugelten. Die höchsten Blätter zitterten ein wenig in der abendlichen Brise. Wir fragten uns, ob es möglicherweise regnen würde oder ob wir dem Regen zuvorkommen würden, und wir waren besorgt, ob wir uns möglicherweise im Zeitpunkt für den Besuch des Botschafters geirrt hätten. Sollte es um sieben Uhr sein oder um acht Uhr?

Ihr mögt mir glauben oder nicht, aber als wir da durch den Park gingen und das Geräusch unserer eigenen Schuhe im Kies hörten, wurde es mir zum ersten Mal in diesem Jahr bewußt, daß wir einen Sommer, einen ganzen langen warmen Sommer hinter uns hatten. Tag für Tag war er gekommen und gegangen, aber ich hatte mich nie so recht dazu entschließen können, ihn ernst zu nehmen. Ich hatte das Gefühl, daß ich die Sommerferien über auch nicht an besonders vielen Tagen nüchtern gewesen war. Nicht sternhagelvoll, nur angetrunken. Abend für Abend hatte ich auf einer Brücke unten an der Schleuse von Virsbo gesessen und hatte zugeschaut, wie Jansson langsam und sicher ein Boot fertigbaute und es zu Wasser ließ.

Ich weiß nicht, ob es mich sonderlich froh gemacht hat, aber ich bin sicher, daß es mich auf irgendeine Weise davon abhielt, verrückt zu werden. Dort zu sitzen und zuzuschauen, wie er die Spanten einfügte, gab mir auf irgendeine Art *einen Inhalt,* und ohne diesen Inhalt wäre ich über den See hin entschwunden wie ein Wollgrasflaum.

Boote zogen mit tuckernden Motoren vorbei und legten an der Gästebrücke unten an der Schleuse an. Rings um uns her wuchsen Wollgras und Feuerkraut, ich saß mit meiner Pfeife und einer Schnapsflasche im Gras, und dann und wann warf mir Jansson ein Stück Papier mit ein paar Maßen zu, damit ich die Krümmung der Spanten für ihn berechnete. Er nannte mich seinen *Computer,* seine Rechenmaschine, und ermahnte mich, nicht zuviel zu trinken, denn dann wäre die ganze Bauerei zum Teufel.

– Immer mit der Ruhe, sagte ich und warf ihm die Antworten zu. Das wird auf alle Fälle schon recht werden, du wirst sehen.

Er hatte eine große Trommel, auf der er die Bretter für die Bordwände zurechtbog, sie war aus einem Eternitrohr gemacht und wurde mit einem Bunsenbrenner erhitzt, und dann mußte ich aufspringen und ihm allen Ernstes helfen, aber sonst saß ich meistens da und schaute ihm bei der Arbeit zu.

Es fiel uns ziemlich leicht, einander zu verstehen. Er kam den ganzen Sommer über jeden Abend, wenn schönes Wetter war, und holte mich ab, wie ich da auf meinem Sofa lag.

– Na, was willst du mit dem Boot anfangen, wenn es fertig ist, sagte ich an einem Abend Anfang August.

– Ich werde mir einen Tomos mit vier PS besorgen und mich davonmachen, hinauf nach Smedjebacken, den ganzen weiten Weg durch den Kanal, sagte er.

Die alte Brücke, die über den Kanal führt, bebte jedesmal, wenn ein Lastzug darüberfuhr.

– Na so was, sagte ich. Ich weiß noch, wie ich als Junge davon geträumt habe.

– Und dann werde ich zum Mälaren hinunterfahren, sagte er.

– Aha, sagte ich. Sieh mal an, das wäre mir nie eingefallen, daß man in die Richtung fahren kann.

Ein Spant nach dem anderen wurde gefräst und gesäubert und eingefügt, zuletzt kamen die Bordwände an ihren Platz; es wurde ein ganz ansehnliches Boot, das wir Ende August firnißten.

– Es ist nicht zu fassen, sagte Jansson, jetzt ist ja schon die Zeit, wo man langsam daran denken muß, die Boote wieder an Land zu ziehen.

Es ist schön, dazusitzen und Holz anzusehen, das eine Form bekommt. Es ist schön, zuzuschauen, wie Dinge geformt werden. Es ist schön, zu sehen, daß man etwas mit der Welt machen kann.

Es tat weniger weh, dort zu sitzen und das Boot anzusehen.

Jetzt war es September, und noch hatte keine Probefahrt stattgefunden. Dort, wo zwischen den Sägespänen auf der Böschung das Feuerkraut geblüht hatte, gab es jetzt wohl vor allem Rotschwingel. Und die Samen der Windröschen flogen über den See hinaus wie tausend wollige kleine Räusche.

Wir gingen die Köpmangatan hinauf, und allem Anschein nach waren ziemlich viele Leute auf den Beinen.

Nun trafen zwei Dinge zusammen. Oder genaugenommen waren es drei Dinge, die zusammentrafen, denn der Botschafter der Vereinigten Staaten, Mr. Holland, der dazu aufgefordert worden war, am Abend des 16. September im Dom von Västerås eine Rede zu halten, war genaugenommen auch eine wichtige Sache.

Im blauen Licht des Septemberabends raste der Kirchturm Nicodemus Tessins des Jüngeren 102 Meter hoch ins All hinauf, ohne auch nur einen Augenblick lang Luft zu holen. Törneros hat ihn einen Blitzstrahl genannt, der hinaufschießt, um sich mit den Blitzen des Himmels zu vereinen. Es ist der steilste, der kühnste Kirchturm, den ich kenne, und an einem solchen Spätsommerabend rotieren die Dohlen um ihn herum wie Planeten oder kleinere Satelliten um eine Sonne, und mitten drin der schrille, durchdringende Laut der Heimchen im Turm.

Wir müssen bei dieser Turmspitze einen Augenblick lang verweilen. So wie die Sonne jetzt steht, das heißt, etwa eine Bogensekunde unterhalb des Horizonts, leuchten die vergoldete Kugel und der Hahn immer noch wie Gold hoch dort oben in der Luft, während der übrige Turm eine dunklere Farbe annimmt. Diese Turmspitze war für lange Zeit, ich meine, von dem Alter an, in dem ich erstmals sehen konnte, bis zum Alter von etwa elf oder zwölf Jahren, das höchste, das endgültigste Ergebnis menschlicher Anstrengungen, das ich kannte. Man sah sie aus einer Entfernung von zwanzig Kilometern draußen auf der Ebene von Skultuna, es gab neblige Tage, an denen sie in den Wolken verschwand, und ich erinnere mich, daß ich mir als Kind darüber große Sorgen machte. Darüber, wo sie stecken mochte, wenn man sie nicht mehr sah? Und was passieren würde, wenn sie umfiele: würde von der Stadt noch etwas übrigbleiben?

Unter der Turmspitze breitet der Dom sich aus, mit einem breiten Rücken wie bei einer ruhenden Kuh und einem soliden Hintern, dort, wo der Orgelchor ist und der Altar, und die Vorderseite einem perfekten Triangel zugewandt, dessen übrige zwei Seiten vom Domkapitelhaus und vom Bischofshof gebildet werden.

Dies sei einer der schönsten Plätze Europas, sagen alle, die etwas von Architektur verstehen, ein vollendetes Monument des siebzehnten Jahrhunderts mit seiner Strenge, seinem brutalen Zentralismus, seinem feinen Gespür für die Proportionen des Menschen.

In der einen Ecke des Triangels steht Carl Milles' Statue des Bischofs Johannes Rudbeckius, der seine politische Karriere dadurch ruinierte, daß er sich beim Reichstag von 1610 für den hungernden Bauernstand einsetzte. Und im allgemeinen ist dies der ruhigste Platz auf der Welt, man hört gewöhnlich das Geplätscher einer kleinen Trinkwasserfontäne, die sich direkt an der Vorderfront der Kirche befindet.

Diesen Dom habe ich immer als eine Art Mutter betrachtet, vielleicht deshalb, weil meine Mutter mich an Markttagen für ein Weilchen dort hineinzuführen und mir den leuchtenden Flügelaltar aus Lübeck zu zeigen pflegte, wenn wir in der Nähe etwas zu besorgen hatten.

Jetzt ist beinahe das letzte Licht von der goldenen Kugel an der Spitze des Turms verschwunden.

Die zweite Sache war ein Sturm, der sich schon seit langer Zeit zusammengebraut hatte. Wie eine Flutwelle war die Protestbewegung gegen den Krieg, den Völkermord in Vietnam um die Welt gegangen. In den Hauptstädten von Japan, Kalifornien, Asien und Afrika hatte sie die Menschen zu Hunderttausenden versammelt. In Harvard und Cornell, in Paris und Amsterdam die gleichen Szenen, die gleichen Spruchbänder. Ein Riß war durch die Lügenmauer gegangen, aus dem etwas hinausquoll, was nicht mehr aufzuhalten war. Die Tränengaswolken in Paris, die Knüppelschläge in Berlin, der Hinterhalt auf der Barnhusgatan in Stockholm am 20. Dezember 1967, überall Teile ein und derselben Welle, die gleichen schwarzen Polizeibrigaden, die mit ihren Wasserwerfern, Tränengasbomben und Panzerwagen Sturm liefen.

An diesem schönen Spätsommerabend des 16. September erreichte die Welle den Domplatz von Västerås. Da war es schon in den siebziger Jahren, und doch war es dieser Abend, an dem die sechziger Jahre endeten.

Als wir durch die Köpmangatan auf den Platz kamen, war es dort schon schwarz vor Leuten, wehenden Spruchbändern, geparkten Polizeibussen. Es gingen Gerüchte um, daß der Botschafter, der aufgefordert worden war, im Dom zu sprechen, schon angekommen wäre und daß kein Demonstrant hineingelassen werden würde. Polizisten in Zivil standen am Kirchenportal und stießen Leute mit FNL-Abzeichen weg. Übrigens brauchte man gar kein FNL-Abzeichen zu haben, ein Bart reichte schon aus, um auf das Steinpflaster geschmissen zu werden. Ein Silberschmied namens Bertil Kempe hatte den Arm verdreht bekommen, als Strafe dafür, daß er einen koketten kleinen Schnurrbart trug; die Mitglieder eines kirchlichen Jugendvereins wurden aufgefordert, das Maul zu halten und sich zum Teufel zu scheren.

Einen Augenblick lang sah ich nichts anderes als Rücken. Es war zu eng, als daß man einen Überblick hätte bekommen können. Die Jungens von meiner Schule waren irgendwohin verschwunden, die Volksmenge vibrierte vor Gerüchten, und Sprechchöre und »Befreit den Süden« und metallisches Gegröhle aus den Lautsprechern der Polizei versuchten den Gesang zu übertönen.

Als nun diese beiden Dinge zusammentrafen, die große Welle, die um die Welt geht, und diese Kirche, die ich immer als meine Mutter betrachtet habe, da war es, als hätten sich zwei Bilder übereinandergeschoben. Und einen Augenblick lang wurde die stechende Trauer in meinem Hinterkopf ganz still. Ich hatte mich selbst eingeholt, meine eigene Kindheit, meine eigene Stimme. Es währte nur einen kurzen Augenblick, aber in diesem Augenblick war es da, und es war ein Augenblick des reinsten Glücks.

Drei Sekunden lang war die Welt nicht geteilt, sondern eins. Drei Sekunden lang war auch ich nicht geteilt, sondern eins.

Die politische Geheimpolizei, die die Behörden immer häufiger einzusetzen begannen und gegen Ende der sechziger Jahre verstärkten, stand also in derben zivilen Windjacken vor dem Portal des Doms zu Västerås, um mich und die Gemeindemitglieder dieses Pfarrbezirks, in dem ich selbst einmal in dem mittelalterlichen Taufbecken getauft worden war, daran zu hindern, in die Kirche ihrer eigenen Gemeinde hineinzukommen.

In meiner eigenen Sprache bedeutete das, daß man mich daran zu hindern versuchte, zu meiner eigenen Mutter zu kommen, zu all der Mütterlichkeit in der Welt, daß kalte Hände in schwarzen Handschuhen dabei waren, das letzte zu erwürgen, was es an Wärme, Wiege und Ruhe in der Welt gab.

Die Volksmenge bewegte sich in unregelmäßigen Bewegungen, es war ganz unmöglich, sich Gehör zu verschaffen, ich drängte mich voller Wut nach vorn und wurde wieder zurückgedrängt, ich begriff, daß die mit den Knüppeln dort vorn zuschlugen. Durch eine Art von Strudelbewegung in der Menge, die entstand, als einige nach vorn wollten und andere in Panik flüchteten, wurde ich langsam zur Nordseite des Platzes gedrängt. Die Dunkelheit brach jetzt schneller herein.

An der Mauer des Konsistorialgebäudes war eine Lücke in der Volksmenge. Irgendwelche Sperrgitter waren umgestoßen worden und lagen neben einem Fahrradständer.

Einige der Polizisten in Zivil hatten ein paar Jugendliche gegen die Mauer gedrängt, ich sah ihre weißen Gesichter im Dämmerlicht und wie sie mit dem Mund nach Luft schnappten.

Zwei von denen in Zivil hatten ein junges Mädchen zu fassen bekommen. Der eine hielt sie an den nach hinten gedrehten Armen fest, der andere war dabei, ihr sein Knie in den Unterleib zu rammen. Ihr rotes Haar leuchtete vor der weißen Mauer auf. Er trat wieder und wieder zu.

Sie sprangen zur Seite, bevor ich dort ankam, und mit einem blöden Gefühl des Erstaunens wurde mir klar, daß ich von ihnen aus gesehen nicht als einzelner Mensch erschien, sondern als ein weißer Gesichtsfleck unter all den anderen in einer tobenden Volksmenge, die über die umgeworfenen Gitter und Fahrradständer heranstürmte und -schwankte.

Ich fiel fast kopfüber auf sie. Sie blutete leicht aus einer Wunde über der Augenbraue, sie krümmte sich vor Schmerzen, aber sie erkannte mich. Sie erkannte mich! Die Leute fielen fast über mich, ich hatte furchtbare Angst, sie würde zertreten werden, wie sie da lag, die Lautsprecher der Polizei dröhnten, Scheinwerfer wurden eingeschaltet und strichen über die Volksmenge hin, Schreie und Flüche und Sprechchöre.

Und über alldem dröhnten plötzlich die Glocken des Doms mit ihrem tiefen Baß über ganz Västmanland hin und verkündeten, daß es keine Zuflucht gäbe, daß es auf der ganzen Welt keine Mütter mehr gäbe, auf die Verlaß gewesen wäre.

Ich schleppte und trug sie um die Ecke herum, an einem weiteren Sperrgitter vorbei. Ein paar Polizisten schienen uns aufhalten zu wollen, aber es waren offensichtlich gewöhnliche anständige uniformierte Polizisten vom Streifendienst, die erschrocken aussahen; sie würden uns nicht mißhandeln, niemand würde uns an diesem Tag mehr mißhandeln. Ich setzte sie behutsam am Stamm einer mächtigen Esche auf dem Hof der Oberschule ab, sie hatte noch immer kein einziges Wort gesagt. Es war ungewiß, ob sie jemals wieder willens sein würde, ein Wort zu mir zu sagen, aber jetzt konnte das einerlei sein.

Ich beugte mich über sie und sagte, so deutlich wie ich konnte:

– Wir sind jetzt durch, glaube ich. Das Schlimmste ist jetzt vorüber.

Und die Glocken dröhnten, und der Schmerz in meiner brennenden, zerquetschten Hand nahm wieder zu, und die Nacht brach an, mit ein wenig Wind in den Bäumen.

Berlin-Schöneberg 1973

Lars Gustafsson

»Es begann mit kleinen Rissen, Unstimmigkeiten, einem mikroskopischen Abstand zwischen der Welt, von der man redete, und der Welt, die tatsächlich da war.« (Lars Gustafsson, 1972)

dtv 1273

dtv 1470

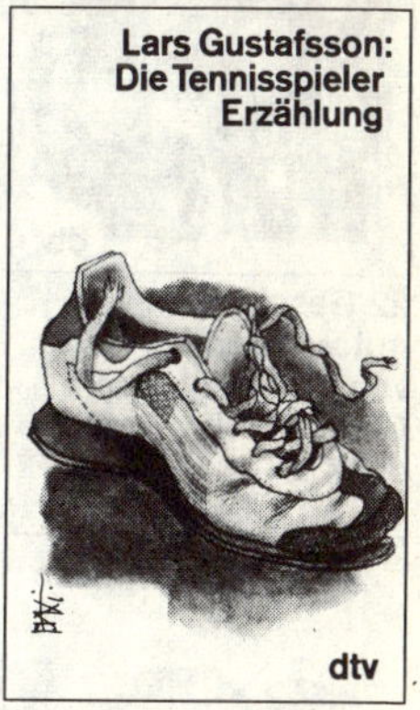

dtv 10008

dtv 10175

dtv 10299

dtv 10566

Anthologien im dtv

22 Geschichten von Autoren aus der DDR, von Franz Fühmann, Christa Wolf u. v. a.
dtv 778

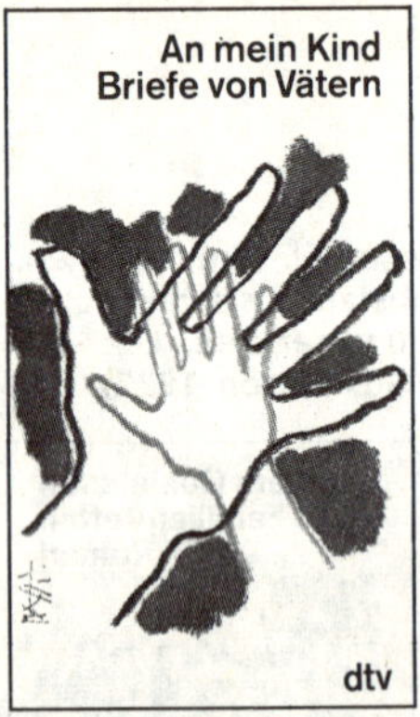

22 teils authentische, teils fiktive Briefe von Schriftstellern an ihre Kinder.
dtv 10681

40 Geschichten aus dem Büro von Heinrich Böll, Bertolt Brecht, Irmgard Keun u. a.
dtv 10215

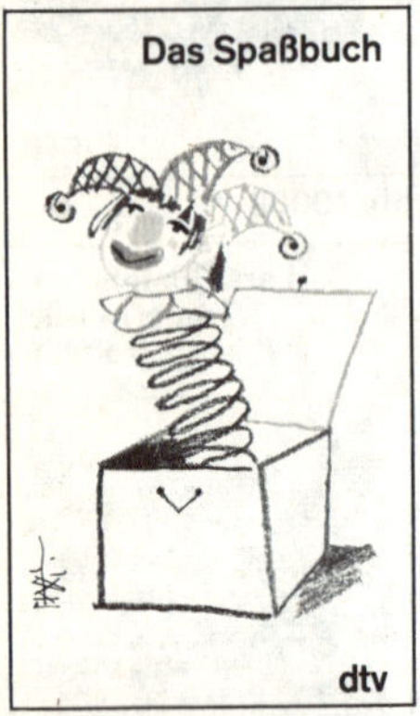

Heitere, satirische, lustige, aber auch lüsterne Texte und freche Zeichnungen von Franziska Becker, Heinrich Böll, Friedrich Torberg u. v. a.
dtv 10707

Ein literarisches Lesebuch mit Erzählungen, Gedichten und Glossen von Heinrich Böll, Joyce Carol Oates, Friedrich Torberg u. a.
dtv 10411

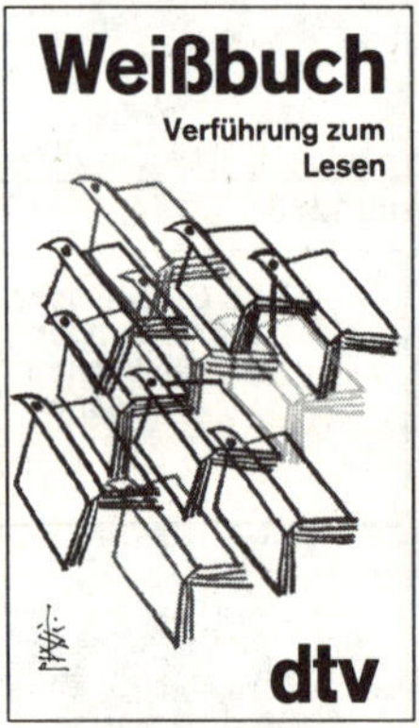

Erzählungen, Tagebuchaufzeichnungen, Gedichte, Aufsätze und Essays von Heinrich Böll, Umberto Eco, Doris Lessing u. v. a.
dtv 10559